Une Valse à trois temps

Marie Antonini

Roman

Image de couverture Stéphanie Vantard

© Marie Antonini, 2024
Édition : BoD · Books on Demand GmbH, In de Tarpen 42,
22848 Norderstedt (Allemagne)
Impression : Libri Plureos GmbH, Friedensallee 273,
22763 Hamburg (Allemagne)
ISBN : **978-2-3225-5885-8**
Dépôt légal : Novembre 2024

« Les personnages étant purement fictifs, toute ressemblance avec des personnes ou des situations existantes ou ayant existé ne saurait être que fortuite, certains lieux ont existé, mais la plupart ont été librement inventés. »

« Le Code de la propriété intellectuelle interdit les copies ou reproductions destinées à une utilisation collective. Toute représentation ou reproduction intégrale ou partielle faite par quelque procédé que ce soit, sans le consentement de l'auteur ou de ses ayants droits ou ayants causes, est illicite et constitue une contrefaçon, aux termes des articles L.335-2 et suivants du Code de la propriété intellectuelle. »

À ma famille que j'aime et à tous mes lecteurs,

« *Un baiser, mais à tout prendre, qu'est-ce ? Un serment fait d'un peu plus près, une promesse plus précise, un aveu qui veut se confirmer, un point rose qu'on met sur l'i du verbe aimer ; c'est un secret qui prend la bouche pour oreille, un instant d'infini qui fait un bruit d'abeille, une communion ayant un goût de fleur, une façon d'un peu se respirer le cœur, et d'un peu se goûter, au bord des lèvres, l'âme !* »

E. Rostand « Cyrano de Bergerac »

Préface

Marie signe ici son deuxième roman, après avoir écrit deux recueils de nouvelles et des pièces de théâtre. Lorsqu'elle m'a demandé de faire la préface de son ouvrage, je n'ai pas hésité une seule seconde. Déjà parce que j'apprécie ce que l'auteure écrit, et j'aime la personne qu'elle est. Une femme intègre, intelligente, adorable, pleine d'humour et qui, comme moi, déteste l'injustice.

« *Une valse à trois temps* » est, comme ses précédents écrits, un roman qui fait du bien. Vous vous installez confortablement dans un fauteuil, une tasse de thé à proximité, et plongez dans la lecture qui se distille en vous, vous amène à réfléchir sur la vie, la beauté du monde, mais aussi ses horreurs.

Marie a le souci du détail, tant dans la description physique des personnages, que de l'environnement dans lequel ils évoluent. On ressent bien l'auteure de pièces de théâtre. D'ailleurs, ce roman pourrait en être une.

Il s'agit là de destins croisés, de plusieurs générations. Des tranches de vie de personnes qui partagent avec nous leur quotidien, leurs amours, leurs joies, leurs peines. Cela pourrait être vous, votre voisin, une amie, un membre de la famille. Nous nous sentons proche de chacun d'eux.

L'auteure, fidèle à ses principes, prône le vivre ensemble, le respect de l'autre et de la nature.

Prenez le temps de savourer « *Une valse à trois temps* », puis fermez les yeux, accueillez vos émotions, laissez-vous porter par les mots de Marie et par votre imagination.

Bonne lecture à vous !

Isabelle BRUHL-BASTIEN

Chapitre 1

Août
Hortense Belvue

Je me libérai de ce que j'appelais ma camisole de force, je jetai mon soutien-gorge sur le dossier du canapé, enfilai un léger pull confortable et un pantalon de jogging noir. Je relevai brusquement la tête quand la sonnette de l'entrée me fit sursauter. Machinalement, je consultai la pendule sous le téléviseur : dix-neuf heures. Qui venait me déranger ? J'ouvris et me trouvai face à mon voisin, Gottfried ou Günter. Je ne me souvenais plus.
— Bonsoir, madame, heu... Hortense, je suis désolé de vous indisposer, mais je nécessite une échalote, auriez-vous une à me céder ?
— Bonsoir...
— Gerhard !
— Pardon, oui, Gerhard, entrez. Je vais en chercher à la cuisine. Une, deux ?
— Oui, deux sera bon !

Je fis signe à mon voisin d'attendre, me retournai, et, avec stupeur et un horrible coup au cœur, j'aperçus mon soutien-gorge nonchalamment étalé sur le sofa. Il conservait encore les rondeurs de ce qu'il contenait précédemment. Je me

sentis rougir, puis blêmir. Faisant mine de rien, je fonçai au cellier, dénichai les condiments demandés, traversai le salon à temps pour croiser le regard de Gerhard qui semblait hypnotisé par mon sous-vêtement. Un moment de confusion respective puis il s'empara des échalotes, remercia et sortit prestement de l'appartement.
Une fois la porte fermée, j'éclatai de rire. Je rangeai l'objet du délit, si je puis dire, et m'écroulai sur le canapé.
Je baissai un instant les paupières. Ce soir, je me sentais fatiguée. Il est vrai que j'oubliais parfois que je venais d'avoir soixante-dix ans. J'étais une vieille dame seule, veuve depuis bientôt douze ans. Lucien et moi n'avions pas eu d'enfant. Nous en désirions, mais ça n'a pas marché. Et à cette époque, pas de FIV, pas d'aide. On n'a jamais su si j'étais stérile ou si Lucien avait un problème.
Quand mon frère Georges eut ses gamins, je fus folle de joie. Bénédicte était née, puis Pierre et enfin Astrid. La benjamine voulait souvent venir à la maison. Lorsque j'étais en congé, elle rappliquait avec sa valise rose et enchantait notre appartement. Un lutin, une petite fée, elle adorait Lucien, qui le lui rendait au centuple. Dès la fermeture du cabinet, il fabriquait des jouets, inventait des automates, des maisons de poupées, mille merveilles qui faisaient pétiller le regard de la gamine.

Le téléphone sonna. Astrid venait prendre de mes nouvelles. Ma nièce était mariée à Étienne, un dentiste. Ils avaient une grande fille de dix-huit ans, Iris, et deux garçons. Ils vivaient à quelques kilomètres de chez moi. Nous nous entendions parfaitement bien et, grâce à elle, je conservais une énergie et une jeunesse d'esprit !

Elle m'interrogeait souvent sur mon passé, mes expériences professionnelles. Comme elle me ressemblait beaucoup, il arrivait que l'on nous prenne pour mère et fille.

Assurément, cela me flattait, nous avions tant de points communs.

Elle rit aux éclats lorsque je lui narrai ma mésaventure avec le voisin.

— Il est charmant cet homme, je l'ai croisé à plusieurs occasions. C'est plutôt un beau gars, non ?

— Peut-être, je n'y ai pas prêté attention. Un peu jeune pour moi !

— Oh, Hortense, je t'en prie, à notre époque, on ne se préoccupe plus de ces contingences ! Tu m'amuses, l'excuse de l'échalote est un peu grosse !

— Mais non, je t'assure, « il nécessitait » une échalote pour son repas ! En parlant de repas, je ne sais pas ce que je vais me cuisiner ce soir…

— Si cela peut t'inspirer, chez nous ce sera spaghettis à la bolognaise, avec mes quatre morfalous, c'est le menu succès garanti !

— Bonne idée. Merci Astrid. Tu viens demain après-midi ? Ça me ferait plaisir.

— C'est d'accord, je passe boire le thé. D'ailleurs j'ai quelque chose à te demander. Bisous Hortense !

Je suis née il y a soixante-dix ans dans un village de Franche-Comté. J'ai débarqué comme un cheveu sur la soupe après un grand frère, Georges, de quatorze ans mon aîné et une sœur, Ariane, de douze ans plus âgée que moi. Maman avait quarante-cinq ans, papa cinquante. Malgré tout, je fus accueillie avec enthousiasme par toute la famille et je passai une enfance comblée.

J'étais adolescente quand mon frère décida d'épouser Gilberte, une collègue de travail. J'étais folle de joie à l'idée de faire la fête. Un samedi de septembre, vêtue d'une robe bleu pâle confectionnée par ma mère, j'entamai mon premier flirt en dansant un slow collé serré avec mon cavalier de mariage. Je crois me souvenir qu'il se prénommait Bernard et qu'il était un neveu de Gilberte. Je valsai aussi avec mon père, il était si fier de faire tournoyer sa benjamine. Au milieu de la soirée, après une dixième danse et un encore langoureux baiser, Ariane est venue m'arracher des bras de mon chevalier servant pour m'expédier au lit. Je rageais, j'aurais aimé que cette soirée ne se termine jamais !
Le lendemain, je fus longuement réprimandée par ma mère qui trouvait mon comportement pour le moins édifiant. Je souris à ces souvenirs, je n'ai jamais revu le fameux Bernard, mais j'avais pris goût à la danse. Dès qu'un bal était organisé dans un village voisin, je trépignais et implorais mes parents pour avoir l'autorisation de glisser sur le parquet. J'appris le jerk, le rock, la valse, le paso doble et toutes les danses à la mode des années soixante. Les garçons des alentours aimant valser m'invitaient avant les soirées, pour réserver leur cavalière préférée. Je flirtais un peu aussi, avec les gars les plus gentils, mais nous nous contentions d'échanger quelques baisers et caresses dans les coins les plus sombres des salles. Dès que les mains de mes partenaires s'égaraient sur mes seins ou s'ils tentaient de relever ma jupe, je les plaquais aussitôt en courant.
Ma belle-sœur Gilberte était enceinte et je la trouvais tellement laide avec ce gros ventre que j'avais une peur bleue de me retrouver dans le même état !
Et pourtant, depuis toujours j'aimais les bébés. Déjà gamine, je me souviens de l'amour que je portais à ce poupon de plastique qui dormait avec moi. Il n'était pas joli

comparé aux poupées d'aujourd'hui. Mais je l'adorais. Ma grand-mère maternelle lui avait tricoté un pull et une barboteuse, j'étais ravie.

En grandissant, je câlinais mes cousines et cousins dès que j'en avais l'occasion.

Je les trouvais tellement mignons. Georges et Gilberte avaient eu une fille qu'ils prénommèrent Bénédicte, elle était craquante. Un petit garçon, Pierre, leur deuxième enfant arriva le jour de mes dix-huit ans.

C'était décidé, je m'occuperais d'enfants.

J'ai passé avec succès le concours d'entrée à l'école de puériculture. C'est Ariane, ma grande sœur, qui m'aida à préparer mon trousseau. Entre temps, maman était tombée malade et ne quittait plus le lit. Il fallut acheter des blouses blanches, des tabliers d'une certaine forme et aussi cette drôle de coiffe amidonnée que j'allais porter pendant un an et qui faisait de moi une Florence Nightingale moderne.

J'étais partagée entre la joie d'entrer en internat et la tristesse face à l'état de ma mère. Elle mourut à la fin du premier trimestre de mes études. Je me souviens qu'au retour d'un stage à l'hôpital, Georges et Gilberte m'attendaient devant l'école. Je m'écroulai en larmes dans les bras de mon frère.

Astrid, la nièce d'Hortense.

« Elle m'amuse Hortense, elle ne se rend pas compte à quel point elle peut être encore séduisante ! Je suis presque certaine que son voisin a un béguin pour elle. » Elle montait l'escalier de la maison en haletant. Les sacs, pleins à craquer de provisions, lui arrachaient les bras. Arrivée devant la cuisine, elle souffla en déposant les lourds bagages. En chantonnant, elle rangea, organisa et planifia mentalement ses menus de la semaine.
Elle avait son diplôme de pharmacienne, elle avait longtemps travaillé au centre-ville. Mais à la naissance de son troisième enfant, elle décida de laisser l'officine à sa collègue et de faire ce dont elle avait envie. Elle aimait peindre et pratiquer le yoga, elle dut choisir.
Sa formation de yoga en poche, elle dispensa des séances du soir dans diverses associations et depuis deux ans, elle possédait sa propre salle. Son aînée, Iris, allait avoir dix-huit ans, Léandre quinze et Valère avait eu dix ans le mois dernier.
Ses visites à Hortense étaient comme des bonbons qu'elle laissait fondre lentement dans la bouche. Elle les savourait.
À sa naissance, sa tante avait vingt-huit ans et elle savait déjà qu'elle ne porterait aucun enfant. Elle reporta son

amour sur cette nièce et s'occupa d'elle très souvent, comme si elle était sa propre fille.
Son père, Georges, était mort l'an dernier, il venait d'avoir quatre-vingt-trois ans. Gilberte était à présent en maison de retraite dans la ville voisine. Bénédicte, sa sœur aînée habitait en Allemagne avec son époux Jean-Lou et leur fils Maxime qui était handicapé.
Pierre, son frère, n'était pas marié, mais depuis huit ans, il vivait au Luxembourg avec Samira, une traductrice au parlement européen.

Elle entendit des bruits dans l'escalier, une frimousse crépie de taches de rousseur, surmontée d'une tignasse hirsute, fit son apparition. Valère rentrait du square. Pendant les vacances, son plus grand plaisir était d'aller faire du vélo ou du skate avec ses amis. Elle le serra dans ses bras, il sentait le chaud, une odeur aigrelette de transpiration. Elle glissa son nez contre son cou, il était moite, elle avait envie de mordre dedans, d'en profiter encore avant qu'il ne la repousse. C'était son bébé. Elle ne pouvait plus câliner Léandre, il détestait cela. Iris acceptait de temps à autre les étreintes de sa mère, à condition qu'elle fût décidée, ou qu'elle ait besoin de quelque chose.
— Tu fais des gaufres ce soir, maman ? J'aimerais bien des gaufres ! Mon copain Victor, ben, y va en manger !
— C'est d'accord pour les gaufres mon lapin ! Papa va adorer !
— De toute façon, il va rentrer tard comme d'hab, alors, pff !
— Non, chéri, nous sommes mardi, il ferme le cabinet plus tôt. File laver tes mains.

Étienne était dentiste, il travaillait avec quatre autres praticiens dans un centre mutualiste. Astrid avait rencontré son futur mari au lycée. Ils étaient dans la même classe de première, étaient tombés amoureux, puis avaient rompu avant de passer leur Bac. Ils s'étaient revus à une soirée organisée par des amis communs, étaient retombés amoureux et ne s'étaient plus quittés.

Astrid était jolie. Elle venait de fêter ses quarante-deux ans. Physiquement, elle ressemblait à sa tante Hortense, fine, élancée, blonde avec des yeux gris-bleu. Depuis qu'elle enseignait le yoga, elle portait plus souvent des leggings que des jupes, néanmoins, elle tenait à rester élégante pour son plaisir et pour son homme.

Sa fille, Iris, était semblable à son père. Elle avait une magnifique chevelure brune bouclée et indisciplinée. Elle était grande et sa longue pratique de l'athlétisme avait renforcé sa carrure, de même pour Léandre, toison frisée, couleur d'yeux identique. Le petit Valère restait menu et blond, comme sa maman.

Astrid était fière de sa famille. Elle regrettait juste le peu de contact avec sa grande sœur Bénédicte et avec Pierre, son frère. Ils se rencontraient rarement. La dernière fois, c'était pour les funérailles de Georges, leur père. Elle savait que Bénédicte n'était pas heureuse. Jean-Lou faisait de son mieux, mais à l'arrivée de Maxime, le monde s'était écroulé. Mettre au monde un petit garçon handicapé avait anéanti sa vie, son bonheur. L'enfant était à présent un adolescent, mais il ne parlait pas, ou peu ne faisait rien seul. « Attardé mental », lui avaient asséné les médecins. Lorsque son neveu était né, Astrid fréquentait Étienne. Ils avaient beaucoup échangé sur le sujet, le terme attardé mental choquait la jeune femme. Et pourtant, le dictionnaire donnait bien la définition : « … dont le développement mental est en retard par rapport au développement physique. » Pas besoin d'en rajouter. Elle était allée voir le bébé en Allemagne. Elle avait voyagé avec Gilberte, sa mère. Toutes deux voulaient rencontrer ce nouveau-né, neveu pour l'une, petit-fils pour l'autre. Bénédicte les reçut froidement. Elle était triste, grise, épuisée. Jean-Lou se mettait en quatre pour bien accueillir sa belle-mère et sa belle-sœur. Quand Astrid avait vu le bambin dans son berceau, elle avait pensé que c'était une erreur, il était beau, si minuscule, si mignon. Puis elle avait remarqué les petites imperfections dues au Syndrome de Warkany. Le gamin avait subi de nombreuses interventions chirurgicales. Maintenant, il allait bien, mais Bénédicte avait délaissé son travail, ses loisirs, sa vie de femme pour s'occuper de son fils. Plus d'une fois, Astrid avait imploré sa grande sœur de venir avec le garçon, de prendre un peu de temps pour elle. Elle s'était toujours heurtée au mur d'un « non » implacable.

Léandre ouvrit la porte et ne la referma pas. Astrid cria « la porte ! » le gamin la claqua bruyamment.
— Salut m'man ! J'vais dans ma chambre téléphoner. Tu m'appelles pour souper !
Comme ce n'était pas une question, Astrid sourit, mais ne répondit pas. Léandre ne disait jamais qui il appelait. Elle se souvenait un peu de sa propre adolescence, des cachotteries, parfois des mensonges. Bon, se disait-elle, il y a une nana là-dessous. Pendant l'été, Léandre avait participé à un chantier de jeunes. Le jour des portes ouvertes, Étienne et elle avaient bien remarqué que leur fils ressentait un faible pour une jolie brunette.
Il était vingt heures, Iris et Étienne n'allaient pas tarder. Sa fille était actuellement en stage au cabinet mutualiste. Elle avait précédemment passé le concours d'entrée à l'école en soins infirmiers et, en attendant la fin des vacances, avait imploré son père pour qu'il l'embauche comme assistante.

Après consultation auprès de ses confrères, il avait accepté. Ravie, elle l'accompagnait tous les matins et ils revenaient ensemble le soir. La rentrée scolaire avait lieu dans deux semaines. L'idée de demander à Hortense de prendre Iris avec elle le temps de ses études à l'IFSI[*] avait fait son chemin durant le week-end. Ce serait beaucoup plus pratique pour la jeune fille, les horaires de l'école étant irréguliers, elle serait moins fatiguée. Les trajets de la ville à la maison étaient épuisants après une journée de travail ! Pourvu qu'Hortense accepte. Le contraire m'étonnerait, elle a toujours eu le cœur sur la main. Quand j'étais enfant, j'adorais passer du temps avec elle et mon oncle Lucien. Je les trouvais lumineux, aidant et aimant. Lucien nous a quittés, mais Hortense reste la même.

---

[*] IFSI : Institut de formation en soins infirmiers

Gerhard Fromm, voisin d'Hortense.

C'était par curiosité. Il se mettrait des gifles. Comme il avait dû avoir l'air stupide devant Hortense Belvue. Il voulait la voir de près et pas seulement sa silhouette depuis la fenêtre de son salon.
— Quel idiot je fais ! Une échalote ! Et j'ai mélangé les mots, quel idiot !
Il ouvrait sa main, les deux bulbes étaient toujours là et semblaient le narguer. Il les posa sur la table, perplexe, se demandant bien ce qu'il en ferait. En haussant les épaules, il s'assit à son bureau et reprit la correction des copies.

Gerhard Fromm était né à Heidelberg en Allemagne, un soir de Pâques, il y avait juste cinquante-six ans. Seul enfant d'une famille très pieuse, il fut interne, dès son plus jeune âge, dans un établissement catholique. Adolescent rebelle, il fugua plusieurs fois et fut expulsé pour conduite désastreuse. Son père, furieux, le mit à la porte de leur riche demeure le jour de ses seize ans.
Il traîna dans des quartiers sordides, fréquenta les mauvaises personnes, se drogua sans doute un peu. Il fut arrêté pour avoir volé un véhicule, puis relâché. L'année de

ses dix-huit ans, sa mère Magda, ayant quitté son mari, remua ciel et terre et retrouva son fiston. Gerhard aimait à raconter qu'elle paya même un détective pour les recherches.
Il reprit tardivement ses études, puis devint professeur de collège. Il épousa Ruth, une collègue rousse et rieuse. Si rieuse qu'elle l'abandonna pour un comédien de stand-up deux années après. Gerhard se fit muter de l'autre côté de la frontière. Il avait visité la France de nombreuses fois et était tombé amoureux de ces « Grüne Hügel ».
Il enseigna d'abord dans la banlieue de Lyon, puis l'an dernier, fut nommé en Franche-Comté.
Il aima immédiatement la région, verte, vallonnée, avec le Ballon d'Alsace et les Vosges proches. Après six mois d'hôtel, il craqua pour cet appartement dans une rue calme de la petite ville universitaire. En se penchant par la fenêtre de la chambre, il pouvait même apercevoir le gigantesque Lion adossé aux fortifications. Le jour de son arrivée, il y a juste un an, fin août, il faisait froid et gris. La cité lui avait alors paru sinistre, mais dès le lendemain, le soleil transperça la couche nuageuse et donna un éclat inouï au château et aux bâtisses.
Il y avait aussi cette voisine. Une femme, selon lui, dynamique, à la silhouette incroyable. Il ne l'avait croisée qu'une ou deux fois dans l'escalier, elle semblait un peu plus vieille que lui, mais il la trouvait… intéressante et aimerait la connaître mieux. C'était un timide, Gerhard.
Il leva le nez de ses copies et se murmura :
— Je ne peux tout de même pas refaire le coup de l'échalote… Avec du sel, peut-être !
En souriant, il songea : sa fille lui ressemble.
Il avait croisé Astrid plusieurs fois et avait immédiatement pensé que les deux femmes étaient mère et fille. Il posa le

stylo, se leva pour allumer le téléviseur, sortit une pizza surgelée du congélateur et la plaça dans le four.

Gerhard était un grand gaillard barbu. Le haut du crâne légèrement dégarni, mais sa chevelure abondait sur les tempes. Des mèches grises dansaient au milieu des cheveux châtains. Il avait des yeux sombres, peut-être gris ou noirs, il n'avait jamais pu dire. Magda lui rabâchait :
— Tu as mes yeux et mon teint, mon fils, c'est l'héritage des Ehrlich, mais tu as la carrure de ton père, les Fromm étaient tous des costauds !
Sa mère était morte cinq ans auparavant, elle ne savait plus trop qui elle était. Elle avait fui sa chambre de la maison de retraite un soir de décembre. On l'avait retrouvée sur un banc de la place du marché. Elle était transie de froid. À l'hôpital, ils avaient dit qu'elle n'avait jamais repris connaissance. Il eut du chagrin. C'était quelqu'un, Magda. La femme qui avait tenu tête à ce borné de Rolf, avait osé le quitter et était même parvenue à lui faire signer les papiers du divorce, alors qu'il répétait : « On ne casse pas les liens du mariage ! On ne sépare pas ce que Dieu a uni ! » Magda s'était démenée pour payer des études à son fils pendant que son ex-mari, plein aux as, distribuait son argent à la paroisse. Elle fut caissière au supermarché, puis serveuse dans une « gasthaus » au pied du château d'Heidelberg. Et enfin, pour avoir des horaires plus adaptés, elle vendit des sous-vêtements à domicile. La dévouée petite Magda qui chantait les succès des années quatre-vingt en faisant la vaisselle : « Da, da, da », celle-là même qui a éconduit les hommes qui la courtisaient.
— J'ai mon fils, c'est mon but dans la vie ! Je ne me consacre qu'à lui !
— Et lorsqu'il quittera ta maison, tu te retrouveras seule, belle Magda !

— J'aviserai à ce moment !

Il sortit la pizza du four, s'attabla en regardant le journal télévisé. Parfois il changeait de chaîne pour écouter les informations d'Allemagne. Mais de plus en plus rarement. Il se sentait bien en France. Il était chez lui. Demain samedi, il allait participer à un tournoi de tennis avec d'autres collègues des collèges de la ville. Ils étaient tous de retour de vacances et désiraient se retrouver avant la rentrée. Dimanche, si le temps le permettait, il monterait le Ballon d'Alsace en vélo.
La pizza était molle, ce n'était pas appétissant. Fichu micro-ondes ! Un jour, il avait offert un four semblable à Magda. Elle ne sut pas l'utiliser. Il vint manger un samedi midi, elle était fière de lui annoncer qu'elle mijotait un rôti de bœuf : « dont tu me donneras des nouvelles ! »
Inconsommable ! Elle l'avait cuit au micro-ondes pendant une heure. C'était devenu un morceau de bois sec marron qui s'effritait en répandant une odeur nauséabonde. Furieuse, elle ordonna à son fils de la débarrasser du maudit appareil !
En mastiquant la matière molle et fade, il songea à prendre des cours de cuisine. Et s'il proposait à Hortense de lui enseigner quelques recettes ? Oh, il n'osera pas.
Il se plaisait dans cette ville, ni trop grande, ni trop petite et ce logement lui convenait parfaitement. Situé au deuxième étage, avec ascenseur, il recevait la lumière dès les premières heures du jour. En cette fin d'été, alors que ses fenêtres étaient grandes ouvertes, il entendait sonner les heures à la cathédrale toute proche. Il aimait à se pencher à la baie ou au balcon pour écouter les rumeurs douces du soir.

Astrid

— Bonjour Hortense ! En forme ? On sent que la rentrée est proche, j'ai eu de la peine à trouver un parking.
— Assieds-toi, veux-tu un thé ou préfères-tu une boisson fraîche ?
— Mmm… Un thé vert, si tu as ! Mais, fais comme pour toi. Dis donc, Tatie, je compte sur toi pour le yoga cette année encore, j'aurai de la place dans les cours d'après-midi !
Hortense répond de la cuisine.
— Évidemment ! Je n'ai pas l'intention de laisser tomber. Que voulais-tu me dire ? Rien de grave, j'espère !
Astrid expliqua longuement que sa fille Iris allait rentrer à IFSI, ce que la vieille dame savait déjà. Elle aimerait que la jeune femme soit plus proche de l'école, serait-elle d'accord si l'adolescente habitait avec elle pour la durée des études ?
— Je n'y vois aucun inconvénient, répond Hortense. Avec beaucoup de plaisir, Iris est une gamine très chouette. On va bien s'entendre, toutes deux !

Elles papotaient en sirotant leur thé. Hortense avait préparé un biscuit qu'elles goûtèrent en commentant la saveur et le parfum. Aussitôt sa dernière bouchée avalée, la vieille dame se leva et emballa le reste du gâteau.
— Tu l'emportes pour votre souper !
— Oh merci Tatie, Étienne va adorer ! Je dois partir, j'ai un peu de couture, j'ai acheté un jean à Léandre et je dois raccourcir l'ourlet. Figure-toi qu'il ne voulait pas, il avait projeté de retourner le bas, ou de couper en laissant les fils pendouiller ! Moi vivante, jamais ! Elle rit.
— Ça me rappelle le mariage de ton père Georges. Ma mère, je veux dire, ta grand-mère Maria, m'avait confectionné une jolie robe bleue. Je devais avoir douze ou treize ans, environ. Une fois terminée, je l'avais fièrement suspendue à un cintre dans ma chambre. La veille de la cérémonie, tout le monde était parti préparer la salle, poser les décorations et mettre la table. Moi, je suis restée à la maison. J'ai pris la robe, plié l'ourlet d'au moins quatre centimètres, cousu, repassé et vite, je l'ai raccrochée à sa place. Le lendemain, quand je me suis présentée devant mes parents, tu n'imagines pas les hurlements. Le vêtement m'arrivait à mi-cuisse ! Mais bon, pas question de refaire quoi que ce soit, on n'avait plus le temps. Ma mère et mon père étaient hors d'eux : « Gourgandine, ce n'est pas une tenue pour une adolescente, c'est indécent ! » J'avais beau dire que c'était la mode, ça ne passait pas !
— Mais tu as tout même fait la noce avec ?
— Oui ! Papa voulait que je me change, mais je n'avais pas d'autre vêtement convenant à une cérémonie… et j'étais entêtée… Mais comme j'ai bécoté un lointain cousin le soir au bal du mariage, j'ai encore eu le droit à une engueulade le lendemain. Je les avais accumulées ! J'avais surtout la chance d'être la petite dernière. Trois jours après, on n'en parlait plus !

— Et la robe ?
— J'ai dû défaire l'ourlet pour lui redonner sa taille initiale. Mais je ne l'ai presque plus portée. Trop longue ! Elle éclata de rire.
— Tu étais un drôle de numéro, Hortense !
— Que veux-tu, c'était la mode, les jupes devenaient courtes, on lâchait ses cheveux. À quinze ans, je noircissais mes yeux et parfois, je montrais mon nombril avec des mini pulls. Les filles de maintenant n'ont rien inventé. Ce sont les années soixante qui ont tout bouleversé.
— C'était mieux ?
— Je... Je ne sais pas. C'était différent...

Astrid se leva, embrassa sa tante et quitta l'appartement. Sur le palier, elle croisa le voisin en tee-shirt et short blanc, il portait un sac avec une raquette de tennis. Il la salua en ouvrant sa porte.
Elle partit en direction de sa voiture, se ravisa, fit demi-tour et se dirigea vers les escaliers qui montaient à la citadelle. Elle gravit les marches les unes après les autres de sa démarche élastique et à un rythme assez rapide. « Excellent cardio », se dit-elle. La bise emmêla ses cheveux. En arrivant sur l'esplanade, elle frissonna légèrement, mais le spectacle la récompensa de ses efforts. La vue sur la ville était somptueuse, surtout à cette heure où le soleil déclinait déjà timidement. Elle aperçut les églises, la grande usine au loin, le centre-ville, les allées et venues des véhicules en flots interminables. Le drapeau au-dessus d'elle claquait au vent. Quelques touristes étrangers conversaient à la terrasse du café et des gamins couraient à travers la place de l'ancienne caserne en criant et en riant. Ils grimpaient sur les canons en hurlant des : « tadadadadada, tu es mort ! » Elle fit le tour de l'immense espace. À l'extrémité, de

jeunes militaires s'entraînaient à l'escalade, ils sifflèrent en la suivant du regard.
Elle adorait ces moments de solitude où elle évacuait les agitations et tracasseries de la maison. Elle descendit lentement, croisa des amoureux qui s'embrassaient au milieu du passage. Elle dut s'écarter, ils prenaient toute la place. Des visiteurs étrangers posaient devant le gigantesque lion en grès rose de Bartholdi.
Au niveau du parking, elle rencontra Martha, une jeune femme qui fréquentait son cours de yoga l'année précédente. Elle la salua, mais elle paraissait triste. Astrid en fit la remarque.
— Astrid, je crois que je ne serai pas présente aux cours cette année… Je… mon mari ne va pas bien.
— Qu'y a-t-il Martha ?
— Il a un cancer. Grave. C'est venu subitement et c'est rapide. J'ai peur !
Elle s'écroula dans les bras de son amie.
— Dis-moi ce que je peux faire pour t'aider…
— Rien, Astrid, rien. Je vais me retrouver avec Loris dans quelques mois, ou quelques semaines. Que va devenir mon petit garçon sans son papa ?
— Martha, je suis là, tu as mon numéro de téléphone, n'hésite pas. Elle lui prit la main. S'il te plaît, ne t'isole pas. Tu n'es pas seule. D'accord ?
— D'accord. Merci, Astrid. Je dois vite aller à l'hôpital. Au revoir. Elle renifle.
— Au revoir. Courage, Martha !
Elle arriva à sa voiture, émue, soupira en observant de loin la jeune femme qui marchait rapidement en direction de son propre véhicule.

Lorsque son père mourut, elle eut beaucoup de chagrin. Comme elle était la petite dernière, il avait toujours eu un peu plus d'attachement pour elle. Ils restaient parfois des heures côte à côte sans échanger un mot. Puis Georges la regardait et disait : « Eh oui, ma fille », ou « Tu comprends ma crevette ! » Cela leur convenait. Lorsqu'elle était enfant, ses amies racontaient que son papa avait plus l'air d'un aïeul que d'un père. Ça l'attristait. Mais en vérité, il était si fatigué le soir qu'il s'occupait très peu d'elle. Il était déconnecté, dira-t-elle plus tard. Il était parti très vite. Il s'était écoulé peu de semaines entre le diagnostic et le décès. Même pas le temps de s'habituer à l'absence quand elle survint brutalement. Tout en roulant en direction de son village, elle pensa à Martha. Et si ça lui arrivait à elle, si Étienne mourait comme ça, brusquement. Elle se dit qu'elle ne pourrait lui survivre. Sa poitrine se serra à cette idée. Étienne, il était son souffle, une partie d'elle-même. Ils s'étaient toujours connus. En tout cas, c'était son sentiment. Lui et elle, inséparables. Leurs premières années communes furent mouvementées, un peu je t'aime, un peu je ne t'aime plus. Ils étaient si jeunes. Puis après le Bac, au moment de partir en Fac, ils ne voulaient pas s'éloigner l'un de l'autre. Étienne était entré à l'université d'odontologie et elle en pharmacie. Ils ne se quittaient plus. Chaque fois qu'elle revenait chez ses parents, sa sœur Bénédicte lui répétait : « Tu crois que c'est le bon, mais tu te trompes. Il se lassera de toi, tu verras, tu auras envie d'aller découvrir autre chose. Les couples qui se connaissent au lycée ne finissent jamais ensemble ! » Sa mère, Gilberte haussait les épaules et répondait calmement : « Chaque personne est différente et unique. Ne t'inquiète pas ma chérie. Faites-vous confiance ! »

Chapitre 2

Septembre
Hortense

J'étais folle de joie à l'idée de recevoir Iris. Cela mettrait de l'ambiance à l'appartement. Je lui laisserai la chambre du fond, elle était grande et possédait un bureau. Et côté pratique, je ne serai pas obligée de déménager le fourbi qui encombrait la chambre voisine. Lorsque nous avons acquis cet appartement Lucien et moi, nous cherchions à nous rapprocher de la ville et de ses commodités. Il avait été médecin toute sa vie dans le village où résidait Astrid. Mais au moment de la retraite, nous avons réfléchi et pensé qu'il valait mieux partir. La maison fut rapidement vendue à une joyeuse famille. Ce quartier nous a beaucoup plu, peu éloigné du centre, il offrait toutefois les avantages de la campagne. Un parc verdoyant, peu de trafic, mis à part les premiers dimanche du mois où le marché aux puces animait les rues. Nous fûmes séduits et l'affaire fut rapidement conclue. Pas de travaux, il était en excellent état et les trois chambres nous permettaient de recevoir amis ou famille. Dommage que mon Lucien n'en ait pas plus profité. Il m'a quittée il y a douze ans après un AVC qui l'avait rendu terriblement fragile.

Ma rencontre avec mon mari était un peu comme un conte de fées. J'étais alors à l'école d'auxiliaire-puéricultrice, en stage à l'hôpital. Je m'en souvenais encore avec précision. Service des prématurés. J'appréhendais cette période de formation pratique. Apeurée surtout par les on-dit des précédentes stagiaires. Elles parlaient de la chef de service comme étant un monstre qui « bouffait » les débutantes ! C'était le terme employé par les filles. J'avais fait mon entrée en tremblotant. Une femme assez forte et autoritaire m'accueillit. Elle me confia immédiatement un biberon à donner à un bébé qu'on venait de sortir de sa couveuse après trois semaines de soins intensifs. Il était emballé dans une couverture bleue et, au moment où elle le posa dans mes bras, je m'aperçus qu'il avait un bec de lièvre avec division palatine. Un moment de panique quand elle me tendit la toute petite bouteille de lait. L'enfant était minuscule. J'observai son visage, malgré cette imperfection il avait une bouille adorable. La fente était sur la droite, je me revoyais insérer délicatement la tétine vers la gauche. Le cerbère ne me quittait pas du regard, évidemment. Le bébé buvait tranquillement, il ne fit aucune fausse route. Le lendemain, elle m'attendait avec le bambin et le lait… Elle m'écrivit d'ailleurs un excellent rapport de stage !

Lors d'un de ces stages, je rencontrai Lucien. Un jour de printemps, à la fin de mon service, je descendais l'escalier comme une dératée, pressée sans doute d'aller retrouver mes amies. Je manquai une marche et m'affalai sur le palier en gémissant. Ma cheville devint violette en quelques minutes. Je restais là, hébétée. Un homme qui me suivait, se précipita et après un rapide coup d'œil à ma jambe, m'aida à me relever. Il paraissait plus âgé que moi et je lus sur son badge : « Lucien Belvue, interne ». J'avais dix-huit ans, il en avait vingt-huit. Ce n'était pas un canon, comme disaient les jeunes d'aujourd'hui, mais la douceur de son

regard m'a immédiatement séduite. Nous nous sommes revus, un peu, puis souvent. Les filles de l'école m'enviaient : « Waouh, un médecin ! » Il devait terminer ses études et moi les miennes, je tenais absolument à travailler, il me fallait mon diplôme. Ma belle-sœur Gilberte avait failli s'évanouir quand j'avais annoncé ma liaison. J'avais encore eu droit au : « Waouh, un médecin ! » Elle avait vu tout de suite le côté pratique de la situation : « C'est bien, il s'occupera de nous ! » Cela amusait mon père. Il tirait sur sa cigarette en souriant, je songeais qu'il était content pour sa petite dernière. Il m'avait tout de même dit, un soir avant que je monte me coucher :
— Ta mère serait fière de toi, crevette !
Je n'avais rien répondu, il avait raison.

Mes pensées revenaient à Iris, elle serait infirmière, j'étais heureuse pour elle. Elle arriva avec ses affaires dès le lundi. « Pour prendre ses marques », m'avait-elle dit au téléphone. La sonnerie de la porte me fit sursauter. Je me levai et entr'ouvris. C'était le voisin, Gerhard.
— Bonsoir Madame... Heu, Hortense. Je peux vous dire Hortense ?
— Mais oui, bonsoir Gerhard. Je m'écartai. Entrez, je vous prie. Et j'ajoutai avec un clin d'œil, voulez-vous une échalote ? Un oignon, peut-être ?
Il rougit, bafouilla un peu et grattant sa gorge :
— En fait, je venais vous inviter à un apéritif, chez moi... Si ça ne vous ennuie pas.
— Pas du tout, avec plaisir. Ben, voilà, je vous suis.

Nous traversâmes le palier. Madame Gentil profita de ce moment pour remonter dans son logement. Elle nous salua avec un sourire de biais. Bravo, demain tout le monde saura que j'étais allée chez le voisin ! Et à sept heures du soir !

L'appartement était plus petit que le mien, assez coquet et joliment agencé. Le canapé était en cuir fauve, je m'assis dans un fauteuil assorti en songeant qu'il faudrait sans doute une grue pour m'en extraire. Gerhard s'agita autour de moi.
— Vous êtes bien installée ?
— Parfaitement bien, merci. Je vois que vous avez des copies à corriger, pourtant vous êtes encore en vacances ?
— Oui, ce sont des devoirs de cours par correspondance, je ne connais pas les élèves, mais je dois faire les corrections. La rentrée a lieu dans deux jours, je dois vite finir ce travail pour me replonger dans le programme du collège.
Il servit un vin allemand, un Riesling du Rheingau, délicieux. Heureusement, il ouvrit une boîte de bretzels pour éponger un peu, sinon, je n'aurais pas donné cher de ma peau !
Il me raconta brièvement sa vie, son divorce. Il me parla de sa mère, Magda. Joli prénom. C'était une histoire triste malgré tout. Il me confia qu'il avait cinquante-six ans, mais qu'il devait enseigner encore quelques années, car il avait terminé ses études tardivement. Il rit lorsque j'avouai avoir soixante-dix ans, il ne me crut pas. Vil flatteur ! Je lui parlai de Lucien. Il ajouta que ma fille me ressemblait beaucoup et tomba des nues quand je lui répondis qu'elle était ma nièce.
— Mais elle est vous, trait pour trait !
— C'est la plus jeune fille de mon frère aîné, décédé il y a deux ans. Et je vais héberger Iris, qui est la gamine d'Astrid.
— Alors, c'est une grande famille. Ce que je ne connais pas. Moi je n'ai plus personne. Il rit. Un orphelin de cinquante-six ans !

Une heure passa, je désirais rejoindre mon appartement, même si la compagnie de ce garçon était agréable, j'avais

envie de me retrouver dans mes murs. Je lui dis bonsoir, mais il fut impossible de m'extirper du profond fauteuil. Il empoigna mes avant-bras, tira vers lui et je parvins à poser les deux pieds au sol. Au moment où je franchis la porte, il mit une main sur mon épaule et interrogea :
— Vous reviendrez Hortense ?
— Bien sûr, bonne soirée et merci !

Debout au milieu de ma cuisine, je fus troublée et perplexe.
— Allons, ressaisis-toi ma vieille ! Il est plutôt bel homme ce garçon et surtout, il a une façon de me regarder qui me perturbe.
En rêvant à ces yeux gris, je préparai le souper. Puis je soupirai et m'installai à table avec mon assiette.
— Oh, Iris sera bientôt là, tout rentrera dans l'ordre et je n'aurai plus l'occasion de me rendre chez le voisin. C'est réglé, songea-t-elle, soulagée. Et aussitôt elle se reprocha cette pensée.
— De quoi ai-je peur ? Il me plaît, il est sympathique... Oh, que c'est compliqué !

Iris, fille d'Astrid.

Nous éclatâmes de rire, nous nous bousculâmes. Manon était un boute-en-train, elle venait de me raconter une blague de sage-femme.
— Deux kleptomanes attendent un enfant. Le jour de l'accouchement, le mari conduit sa femme à l'hôpital. Quelques heures plus tard, la maman donne naissance à un beau gamin. Toutefois, un détail apparemment insignifiant a retenu l'attention. En effet, le bébé est né le poing fermé. Alors les parents décident d'y regarder de plus près et d'ouvrir la main serrée du bambin et, là, ils découvrent qu'il tient l'alliance de la sage-femme !
— Je m'en souviendrai de celle-ci, dis-je.
Un peu plus âgée que moi, Manon était en troisième année d'école de sage-femme. C'était une petite nana aux cheveux châtain foncé coupés courts et au visage rond et rieur. Elle aimait tout le monde sans détour et tout le monde l'aimait. Elle dégageait beaucoup d'énergie, n'arrêtait jamais entre les études, les stages, les ateliers d'arts plastiques, la cuisine et son amoureux. C'était un tourbillon que j'adorais. Nous traversâmes la rue et en ouvrant la porte de la maison, je demandai :

— Ta maman va bien ?
— Oh, elle n'est pas trop mal. Mais c'est dur pour elle de se lever à quatre heures chaque matin pour aller nettoyer des bureaux. Avec ma sœur Julia, on en parle. Ce serait beaucoup mieux si son travail était régulier. On se verrait un peu plus. Quand elle rentre à treize heures, elle est tellement naze qu'elle se couche jusqu'à seize. Ensuite, il y a le ménage ici, les repas. Nous l'aidons, mais je suis souvent absente avec les stages et les cours... Julia... Ben, c'est une ado de quatorze ans, parfois il faut la remettre à sa place !
— As-tu des nouvelles de ton père ?
— Très peu. Et je m'en fiche. Il se désintéresse de nous puisqu'il est amoureux ! Je te jure, faire un môme à son âge ! Je le lui ai dit au téléphone :
— Tu fais des bébés avec qui tu veux, mais fais-les loin, je n'assisterai pas à l'accouchement de ta meuf !
— Qu'a-t-il répliqué ?
— Il m'a dit : promis, on ira ailleurs. Dommage que tu n'acceptes pas de mettre au monde ton demi-frère ! T'imagines, voir la foufoune de sa nouvelle meuf ? Non, mais, dans ses rêves ! Je te laisse ma belle, je dois retrouver Djibril !

Nous nous embrassâmes et nous séparâmes. J'appelai ma mère en pénétrant dans le salon. Une voix me répondit du fond de la maison :
— Je suis là, chérie. Dans la chambre. Viens !
J'entrai après avoir frappé à la porte, Astrid était assise en lotus sur le lit, elle consultait ses fiches de yoga. Elle me sourit.
— Ça va, ma grande ?
— Oui, j'ai passé l'après-midi avec Manon. Tu sais, sa mère nettoie les bureaux, elle est employée par la grosse

boîte « Tounet ». Elle est très fatiguée. Manon en a marre de la voir comme ça.
— Mais… oh oui, je comprends. Depuis le départ de son mari, ça ne doit pas être facile… Et si je lui demandais de venir ici ? Depuis que Lydie a quitté le village, je n'ai plus de femme de ménage. Qu'en penses-tu ?
— Ben, ce serait cool, mais il lui faut au moins six heures par jour, maman. Et un vrai salaire.
— Attends ! J'ai une idée ! Hortense pourrait aussi avoir besoin d'elle et je vais en parler autour de moi ! Avec une dizaine de personnes, ça pourrait convenir, non ?
— Oh, tu ferais ça pour elle ? Je vais téléphoner à Manon ! Ce serait vraiment chouette ! Ensuite, je prépare ma valise. Demain je m'installe chez Hortense ! Où sont les garçons ?
— Léandre fait du skate au parc et Valère est parti en vélo retrouver des copains. Ils ne vont pas tarder à rentrer.

J'étais plutôt ravie de loger chez Hortense. Elle était très sympa, dynamique, elle sortait encore beaucoup, elle aimait rire et le dérangement ne la perturbait pas. Elle adorait raconter son enfance, son histoire, et moi, je raffolais de l'écouter. Nous savions toutes deux que de nombreuses soirées bavardages autour d'une tisane nous attendaient !
Et puis, si j'en avais assez de ses discours, je pourrais m'enfermer dans la chambre au bout du couloir. Je n'étais pas non plus mécontente de m'éloigner de mes frangins. Ils étaient chouettes, mais Valère était turbulent à la maison.

Hortense m'accueillit chaleureusement. Son appartement était vaste et clair. On y pénétrait par un vestibule peint en vert, à droite, s'étalait un banc-coffre de bois dans lequel chacune rangeait ses chaussures puis enfilait des pantoufles. Elle était assez tatillonne à ce sujet. À gauche, la cuisine. Moderne, entièrement refaite depuis deux ans. Des meubles

blancs lisses et brillants étaient fixés au mur, l'évier se situait sous la fenêtre qui donnait sur la rue. Une desserte sur laquelle ma grand-tante déjeunait et soupait lorsqu'elle était seule. À partir de maintenant, m'avait-elle dit, nous prendrons nos repas dans la salle de séjour. Après le placard à chaussures, à gauche, on accédait au salon, très cosy. Un canapé rouge était adossé au mur, flanqué de deux fauteuils électriques qui s'allongeaient pour la sieste et faisaient face au téléviseur !
Dans le prolongement, la salle à manger en chêne brillait et exhalait de subtiles odeurs de cire. Hortense avait conservé les meubles de son mariage de style rustique et inusable. Le bahut était contre le mur du fond, la table au centre. Des chaises paillées complétaient le mobilier. Quelques tableaux ornaient les cloisons, Lucien en était l'auteur. Certains hommes aimaient pêcher, passer des heures à fixer un bouchon. Lucien, lui, partait des après-midi entiers avec son chevalet et ses tubes de couleurs. Quelquefois ma tante l'accompagnait et bouquinait, allongée sur un transat. La plupart des œuvres de mon oncle représentaient la nature, c'étaient de magnifiques paysages de la région.
Je pris le temps de m'installer. La chambre qui me revenait était assez spacieuse. Le lit se trouvait à droite, à côté d'une armoire dans laquelle je disposai mes vêtements. Le bureau se situait contre le mur à gauche, juste à côté de la fenêtre. Je posai mon ordinateur, l'allumai et vérifiai l'internet. La tapisserie représentait des bouquets de fleurs des champs. Elle était désuète, complètement démodée, néanmoins elle paraissait en bon état.
Nous allions nous partager la salle de bains, mais ma tante avait libéré une étagère du meuble sous le lavabo. J'y glissai ma brosse à dents et la trousse à maquillage. J'étais bien ici. Je me sentirai au calme pour travailler. À la maison, les

garçons se chamaillaient très souvent, cela se terminait par des cris et des hurlements. C'était assez pénible.

Pascale, mère de Manon et Julia.

Je me réveillais à quatre heures du matin. C'était comme si j'avais une horloge dans la tête. Ce boulot m'avait complètement déboussolée. C'était réglé : quatre heures, lever. Je buvais un café vite fait à la cuisine, j'avalais quelques biscuits et une banane. Tout cela en silence, pour ne pas gêner les filles. Je descendais la rue jusqu'à l'avenue Jean Jaurès. Là, je sautais dans la navette et hop, direction le technopôle pour l'entretien des locaux.

Depuis une semaine, c'était terminé. J'adorais mon nouvel emploi du temps : lundi matin, neuf heures, je faisais le ménage de la mère d'Iris, puis auprès d'une de ses voisines. Mardi, je commençais par la pharmacie du carrefour, ensuite je nettoyais l'appartement d'Hortense Belvue, en vieille ville. Mercredi, j'intervenais dans trois maisons différentes, je repassais des chemises et faisais la lecture à Herbert, un grand-père non-voyant. Jeudi, chez la famille Berthon, des pâtissiers, toujours en vieille ville. J'y restais la journée, ménage, repas et jeux de cartes avec la mamie ! Vendredi matin, repos. L'après-midi j'entretenais le cabinet mutualiste, puis à dix-huit heures, la pharmacie. J'étais vraiment heureuse. Je rencontrais des tas de personnes sympathiques. Rien à voir avec les bureaux silencieux et lugubres. C'est fou, je rentrais à l'appartement les bras chargés de gâteaux, de plats pour les filles. Hier, madame Berthon a voulu que je prenne trois choux à la crème pour notre souper. J'avais ressorti ma vieille Peugeot du garage, incroyable, elle avait démarré du premier coup ! Mais voilà, je me réveillais tous les matins à quatre heures. Les habitudes ne se perdaient pas aussi facilement. Mon esprit battait la campagne.

Quand Vincent était parti avec sa mijaurée, j'avais pensé que c'était la fin du monde, que j'allais mourir, ou me retrouver à la rue avec mes deux gamines. Sans argent, comment payer le loyer ? Comment subvenir aux besoins des filles, comment manger ? C'est vrai que le job chez « Tounet » n'était pas génial, mais il nous avait permis de vivre. Manon avait pu passer le bac et entrer à l'école de sages-femmes… Son rêve ! Julia était encore au collège. Elle était dure parfois. Un caractère bien trempé. Elle en voulait terriblement à son père de nous avoir abandonnées pour une… non, je ne devais pas l'injurier. C'était la vie. Aux dernières nouvelles, ils allaient avoir un bébé. Un garçon. J'avais beau me contrôler, j'avais toujours mal au ventre quand je pensais à eux. Il était quatre heures vingt, les brûlures d'estomac me reprenaient, je me levai et avalai un pansement gastrique. Manon avait pardonné. C'était sa nature. Elle était si douce, si attentive. Elle serait une magnifique sage-femme, j'en étais sûre.
Quatre heures trente, j'allais peut-être me rendormir. Aujourd'hui je commençais par la pharmacie, ensuite, j'irais chez Hortense. J'appréciais beaucoup cette personne. J'y avais revu Iris, l'amie de Manon. Elle m'avait dit :

— Ne faites pas ma chambre, Pascale, je m'en occupe. Mais en revanche, je vous donne mes blouses à repasser, parce que je ne suis pas très douée pour ça !
C'étaient de bonnes gamines. Celle-ci allait être infirmière… Elle non plus n'avait pas choisi la facilité ! Six heures trente, ouf, le réveil sonnait. Debout !

Chapitre 3

Octobre
Hortense

J'aimais beaucoup cette fin de saison. L'été qui s'étirait. L'air était doux, le ciel bleu azur, mais on percevait déjà les prémices de l'automne. Les feuilles des arbres n'avaient pas encore décidé de jaunir, mais malgré tout, elles avaient perdu leur vert éclatant. En rentrant du cours de yoga d'Astrid, je m'installai sur le balcon. Il n'y avait personne dans les rues en ce début de semaine, parfois un étudiant s'égarait et venait lire dans le square. Iris habitait avec moi depuis plusieurs jours. C'était plutôt agréable de l'avoir ici. Elle savait se faire discrète, elle savourait ma cuisine comme si j'étais un grand chef. C'en était presque gênant, hier, elle s'était extasiée devant un plat de lasagnes que je sortais du four.

Elle rentrait assez tard de ses cours, elle mangeait rapidement, filait à la salle de bains et s'enfermait dans sa chambre. Je finissais la soirée devant la télé ou avec un bouquin. Samedi après-midi, elle était venue me retrouver au salon et m'avait interrogée sur mon passé d'auxiliaire de puériculture. Intéressée par les conditions de travail de

l'époque, elle posait de nombreuses questions, les années soixante-dix lui paraissaient très lointaines !
Je lui racontai alors mon premier emploi. Lucien terminait son internat, je désirais rester non loin de lui. Et papa ne voulait pas que nous habitions ensemble, car nous n'étions pas mariés ! J'avais trouvé un boulot dans une maternité, une clinique privée. Je m'étais présentée un jour d'avril, avec ma petite valise, car j'allais loger sur place. Il y avait une autre fille, Noëllie, arrivée en même temps que moi.
— Ah, il y avait un appartement à ta disposition ?
J'éclatai de rire.
— Attends, écoute la suite !
Je narrai tout en remuant sur la chaise.
— Calme-toi, Tantine, on dirait que tu as la danse de Saint-Guy !
— C'est parce que même plus de cinquante ans après, je ressens encore les craintes et les agitations de l'époque ! Imagine, je pénètre dans un grand hall aux murs bleus et au sol marbré. Une jeune fille me demande pourquoi je suis là. Après mes explications, elle s'éclipse quelques instants pour réapparaître accompagnée d'une femme brune, replète et élégante, d'une cinquantaine d'années. Celle-ci se présente comme étant la directrice de la clinique. Elle me précède à son bureau. Je discute pendant presque une heure, puis elle appelle une nana qui doit m'escorter à mes appartements. J'entends des cris de bébés, je croise du personnel en blouses rayées rose et blanc. Ce sont les sages-femmes, annonce ma guide. On avait des tenues de couleurs différentes selon le grade, ajoutai-je en riant.
— Ah ouais, tu étais directement dans l'ambiance ! Et pourquoi Lucien ne t'a-t-il pas accompagnée ?
— Il était de garde à l'hôpital.

Avec la fille et accompagnées de Noëllie, on descend un escalier de ciment sombre et gris et on débouche dans un couloir plus noir encore. On entendait des bruits de machines, j'interroge. Normal, me dit-elle, ici c'est la laverie-buanderie et voici le dortoir !
Et, en souriant, elle ouvre une porte peinte en vert kaki. Nous entrons dans une salle obscure, garnie de trois lits avec leurs tables de nuit en métal, des armoires en fer appuyées sur l'autre cloison, et comme seul éclairage, deux vasistas, en hauteur, par lesquels on distingue quelques brins d'herbe et des bas de pantalons d'un homme passant devant.
— Oh la vache ! Ça craint ! Un truc comme à l'armée !
— Tu sais, je serrais les dents et les poings, mais je ne pleurais pas. Je ne voulais pas pleurer, mais j'étais déçue. En revanche, ma compagne sanglotait, comme moi, elle s'attendait à un peu mieux. Évidemment, avec Lucien, nous n'avions pas les moyens de prendre une chambre en ville. Même en cachette des parents, on n'aurait pas pu, tu penses. Je devais, pour quelque temps, me contenter de cette piaule.
— Ouais, un taudis !
— Le lendemain matin, vêtue d'une blouse à fines rayures bleues et blanches, coiffée d'un calot immaculé sous lequel je glissai ma queue de cheval, je me présentai à la pouponnière. Tu sais que pendant l'entretien d'embauche la directrice m'avait fait comprendre que je devrais couper mes cheveux !
— Oh, de quel droit ?
— Elle trouvait que ça ne faisait pas propre ! Alors, je les planquais sous la bonnette et laissais juste deux petites mèches sur les côtés. Je retrouverai des photos, tu verras.
J'ai appris beaucoup de choses dès le premier jour. Qu'il fallait dire « Madame » à la troisième personne quand on

s'adressait à la cheffe. Devant l'air effaré de ma petite-nièce, je ris aux éclats.
— Assure-moi que tu plaisantes, Hortense !
— Non, je te jure ! « Madame » à la directrice, « Monsieur » au professeur, l'obstétricien. Si « Monsieur » peut ausculter le petit né il y a une heure, etc. « Madame » veut-elle un thé ? C'est ainsi que parlaient les filles de salles.
— Je rêve, c'était au XVIIIe siècle ton job !
— Le médecin était un grand type d'environ cinquante ans. Son cabinet était au bout de la pouponnière, juste après notre bureau. Il m'impressionnait. Du haut de mes dix-neuf ans, je le trouvais intimidant. La première fois qu'il me croisa, il traversait le couloir en coup de vent, il s'arrêta net en me toisant de haut en bas. À présent, on dirait : il scannait. Mais il dirigeait surtout son regard sur mes seins et mes fesses !
— Qui es-tu ? Tu es nouvelle ?
— Oui, je commence aujourd'hui. Je balbutiais.
Il ne répondit pas et disparut dans son bureau.
— J'ai du mal à croire que tu étais timide !
— Oh, si, à cet âge, j'étais une nouille, une gourde effarouchée !
Elle sourit, se leva et s'éloigna en criant :
— La suite au prochain numéro, Hortense !

J'ai rencontré Gerhard dans le hall, il rentrait du collège. Nous avons échangé des banalités deux minutes devant ma porte d'entrée. Il m'a demandé si j'aimais danser. J'ai rougi, bafouillé et répondu que oui, lorsque j'étais plus jeune, j'adorais ça. J'ai ajouté que Lucien, mon mari avait été un excellent cavalier. Ce à quoi il a répliqué que lui aussi était plutôt doué et qu'il se ferait un plaisir de m'emmener valser. Il connaissait un endroit où les gens se retrouvaient pour

guincher, il y avait même un coach si nécessaire. En fermant ma porte, je bougonnai : « Je n'ai pas besoin d'un coach, non merci ! » Puis, assise sur le canapé, le temps de reprendre mon souffle, je me réprimandai à voix haute :
— Bécasse, on dirait bien que tu es vexée parce qu'il a parlé de coach ! Amour propre, ma vieille, amour propre !

Lorsque j'ai connu Lucien, au pied de ce monumental escalier de pierre, la cheville violette et les larmes aux yeux, j'ignorais qu'il allait devenir l'homme de ma vie. Ce ne fut pas un coup de foudre, même si son regard profond et sa voix de baryton m'avaient perturbée. Quand je l'ai revu les jours suivants, délicat et attentionné, je suis définitivement tombée amoureuse. C'était un romantique, il caressait mes épaules et mes cheveux, tenait mes mains en me parlant. Il m'a embrassée un mois après. Il était venu m'attendre devant la porte de l'internat, et, agglutinées sur un des balcons, les filles nous épiaient. Il cligna de l'œil, se pencha sur moi et posa ses lèvres sur les miennes. Des cris et des sifflements volaient du bâtiment. Je m'étais empressée de monter dans sa voiture pour masquer ma gêne et la rougeur de mon visage.

Manon, amie d'Iris, fille de Pascale.

La journée s'annonçait bien. J'avais rendez-vous avec Djibril, nous désirions passer enfin, un peu de temps ensemble. Maman se reposait au salon avec un bouquin, elle était ravie de son nouveau travail. Aller entretenir les intérieurs des unes et des autres lui convenait parfaitement. Je pris ma voiture pour rejoindre mon chéri.

Djibril était né en Somalie, à Badhaadhe, un district non loin de la frontière avec le Kenya. Lorsque ses parents projetèrent de quitter le pays, il avait à peine cinq ans. Ils fuirent en 1999, deux ans après l'accord du gouvernement, patronné par l'Éthiopie et le Kenya. Gouvernement qui échoua à régler le problème du désarmement et de la reconstruction de l'État.
Le père ayant perdu toute sa famille durant la guerre civile décida alors de tout abandonner et d'emmener les siens en Italie ou en France. Le voyage fut périlleux. Djibril vit mourir sa jeune sœur née un an après lui. Ils débarquèrent à Marseille, puis deux ans plus tard, s'installèrent à Lyon. Ce fut au moment de l'entrée en sixième du gamin que le père trouva un emploi à Sochaux. Ils logèrent alors à

Bethoncourt puis à Belfort pour plus de commodités scolaires. Le garçon était actuellement à l'école d'ingénieurs. Manon et lui s'étaient connus au lycée. La première fois que Julia le rencontra, elle fut émerveillée par sa classe et la régularité de ses traits.
— Il est encore plus beau qu'Omar Sy ! cria l'adolescente.
Ce qui amusa tout l'entourage.

À peine étais-je assise dans la voiture que je reçus un appel de Julia. Elle paraissait affolée.
— Manon, il faut que tu viennes, Morgane est bizarre, elle a mal au ventre et elle se tord de douleurs !
— Mais Julia, je ne suis pas médecin, dis-lui de s'adresser à son docteur !
— On n'est pas chez elle, on est à la cabane, tu sais derrière les jardins !

Le lieu de leurs rencontres depuis qu'elles avaient dix ans était un ancien cabanon en planches. Elles l'améliorèrent au cours des années pour en faire une maisonnette étanche et presque confortable. Elle se situait au fond des potagers collectifs, après la barrière et non loin du chemin du bois du Bosmont. Elle était isolée et il fallait vraiment connaître le coin pour la dénicher. Je savais l'existence de l'abri, mais n'y avais jamais mis les pieds. Julia m'expliqua comment m'y rendre. Au téléphone, je perçus les cris et les gémissements de son amie Morgane. Je pensais qu'elle avait dû manger une cochonnerie. À cet âge, les adolescentes avaient tendance à se gaver de bonbons acides et de pâtisseries très chimiques. J'envoyai un message à Djibril, le prévins de mon retard puis fonçai à la cabane secrète. Julia ouvrit la porte de bois et à sa mine pâlichonne, je vis qu'elle était très inquiète. La gamine était couchée sur de vieux oreillers, elle avait le teint grisâtre et gémissait.

— Ben, que se passe-t-il Morgane ? Où as-tu mal ?
— Au ventre. Elle montre son abdomen. Mais ça va déjà mieux.
Elle essaya de se relever, mais s'écroula.
— Aïe ! Ça reprend. J'ai trop mal !
— Allonge-toi correctement sur les coussins. Alors, ça se calme ?
— Un peu et puis ça recommence.
— Dis-moi, as-tu mangé des bonbons ou des trucs qui ne passeraient pas ?
— Non… Aïe, ça revient !
Elle hurla sa douleur. Tenta de se redresser légèrement, mais elle continuait de gémir et de se tordre dans tous les sens. Cela dura un moment, je lui caressai le front, mais j'étais démunie… Je lui trouvai effectivement l'estomac un peu gonflé.
Soudain, un liquide chaud dégoulina entre ses jambes. Elle pleura en attrapant la main de Julia.
— Juju, j'ai fait pipi ! Oh, qu'est-ce qui m'arrive ?

Une coulée acide inonda ma bouche. D'un coup, je réalisai. J'étais atterrée, j'étais en plein d'un cauchemar. Cette gamine accouchait ! J'étais paralysée. En troisième année d'école de sage-femme, je n'avais pas besoin d'un dessin pour deviner ce qui se passait. Je m'accroupis, m'emparai de la main de Morgane, puis posai discrètement des questions. Je calculai mentalement le rythme des contractions. Je compris vite que le plus difficile serait de faire admettre la situation à l'adolescente.
Je me redressai, sortis du cabanon, suivie de ma sœur.
— Poupie, ta copine va avoir un bébé…
Julia rit, puis remarquant mon air grave, sourit jaune et redevint sérieuse en déclarant un peu fort :

— Tu déconnes là, Manon ? Tu me fais une blague ! Si ça se trouve, elle a mangé un truc qui ne passe pas…
— Je ne déconne pas, non, Julia. Elle a des contractions. Et qui se rapprochent. Il faut l'emmener à l'hosto. Fissa. Explique-lui, s'il te plaît ! Je n'ai pas encore mon diplôme, moi, je ne peux rien faire.
Ma petite sœur resta un moment bouche bée. En larmes, elle pénétra dans l'ombre de la cabane. Son amie continuait de pleurer aussi en gémissant de douleurs.
— J'ai tout entendu, les filles. C'est faux que j'ai un bébé dans le ventre, elle raconte n'importe quoi, l'autre. Je n'ai fait l'amour avec personne, alors ce n'est pas possible, hein ? Je n'ai pas encore couché avec un garçon, moi. Jamais !
— Elle pense que tu es enceinte, Morgy… si elle le dit, c'est que c'est la vérité ! S'il te plaît, fais-lui confiance et laisse-la regarder dans ton… enfin, tu piges… Faut un examen pour… qu'elle sache pour de bon.
— Non ! Elle hurlait, elle haletait.
Une vraie furie. J'étais démunie.
Je me postai devant le chalet, j'appelai le Samu en donnant des renseignements précis afin qu'ils trouvent facilement l'endroit. En pleurant, j'ajoutai qu'il s'agissait d'un accouchement. D'une gamine. D'une adolescente. Je sanglotais.

La petite, les yeux rouges, s'était un peu calmée. Elle dit à Julia :
— Bon d'accord, elle m'examine, pis comme ça elle verra que je n'accouche pas. C'est n'importe quoi.
Elle pleura à nouveau de douleur et de peur. Dans ma voiture, j'attrapai mon sac avec des gants et du gel. Après un toucher consciencieux, je me relevai et chuchotai à ma sœur :

— Je ne me suis pas trompée, Julia. Ta copine est en train de faire un bébé, et crois-moi, le crâne n'est plus très loin. J'ai appelé le Samu.

Morgane se redressa en braillant.

— Non, non ! Manon, non, non ! Je le fais ici, je t'en supplie, faut que ça sorte, j'ai trop mal ! Ça fait plus de trois heures que je souffre le martyre, je veux me débarrasser de ce truc !

Un râle, une contraction violente et déjà la minuscule tête brune apparut.

Les filles paniquaient, criaient. Julia sanglotait et essayait tant bien que mal de calmer son amie. Recouvrant mon sang-froid, mais la peur au ventre, je pris la direction des opérations. Je priai silencieusement pour que la voiture des secours arrive vite.

Morgane braillait, son visage violacé ruisselait de larmes. Je me démenai en transpirant. Encore quelques derniers hurlements et le bébé se montra. Minuscule. Le cordon à peine coupé, Julia enroula son gilet autour du petit corps. Elle annonça à son amie qui haletait, rouge, trempée, épuisée.

— C'est un garçon que tu as, Morgy !

— Je n'ai rien du tout, grinça la fille, va le mettre dans un champ, là, au fond. Elle cria : je n'en veux pas, je n'en veux pas, tu entends ?

Les larmes coulaient sur mes joues. Après avoir récupéré le numéro de téléphone de la mère de Morgane, je sortis un moment pour avaler de grandes goulées d'air et guetter la venue de l'ambulance. Ses parents allaient arriver. Pendant ce temps, à l'intérieur, je perçus la voix de Morgane qui persuadait ma sœur de s'éclipser par la fenêtre et de jeter l'enfant dans un coin, sous des détritus. Julia protestait.

— Mais... je ne peux pas faire ça. Il est vivant... Si minuscule !

— Je m'en fiche, il ne m'est rien, je n'en veux pas, je n'en veux pas, tu comprends rien, ma parole ! Taille vite avant qu'elle rentre ! Sinon, je te préviens, je ne serai plus jamais ta copine, jamais ! Dépêche-toi, s'il te plaît. Je ne te parle plus jamais, si tu ne le fais pas !

Je m'empressai de revenir dans le cabanon. Julia m'implora du regard. Je lui dis de câliner le petit qui hurlait. Morgane se mit à trembler, à claquer des dents. J'eu un peu peur.

— Je vais mourir, Manon, j'ai mal... Je vais mourir, gémit-elle.

— Ils arrivent, ne t'inquiète pas. Le Samu va venir... Et ta mère aussi...

— Non ! Non, pas maman, oh mon Dieu !

— C'est le mieux, ma chérie.

Julia me fit signe que ça n'allait pas, la gamine était inconsciente. Je paniquai et me précipitai vers elle. Je soupirai quand j'entendis la sirène de l'ambulance.

Iris

Ça, c'était Hortense tout craché ! Ce matin, au petit déjeuner, elle me fixa un moment et me demanda avec un sourire jusqu'aux oreilles :
— Dis-moi ma puce, tu n'as pas de petit ami ?
Je la regardai, mon cœur battait anormalement vite, puis je me ressaisis et répondis en riant :
— Pas là, non ! J'en ai eu un, il y a quelques mois.
Je me tus quelques instants, cette histoire était lointaine et j'avais beaucoup appris depuis ce temps. Elle n'émit pas un mot et resta suspendue à mes lèvres, une tartine à la main.
— Ce n'était pas le bon, voilà tout ! Boris avait un an de plus que moi, il était un copain de Djibril. Je l'ai connu par l'intermédiaire de Manon. De jolis yeux bleus, une super carrure, il était ce qu'on appelle un beau mec. Dragueur. Très dragueur. Genre, le gars qui se sait irrésistible. Très sûr de lui. Un soir, on s'est tous retrouvé dans un bar, on a pas mal bu, beaucoup ri. On a flirté. On s'est fréquenté trois mois, puis un jour, je l'ai croisé en ville en train de rouler une pelle à une grande blonde. Je n'ai même pas écouté ses explications.

Le sujet était clos, je respirai. Puis nous discutâmes de cette petite qui avait accouché dans une cabane au fond des jardins partagés. Manon avait pris du temps pour se remettre de ses émotions !
— Quelle histoire ! répliqua ma tante. Et sait-on qui est le père ?
— Non, Morgane maintient qu'elle n'a couché avec personne... Il y a eu une enquête, les flics sont allés au collège. Ils ont interrogé tous les jeunes de sa classe. Personne ne l'a jamais vue avec un garçon. Ses amies disent même qu'elle est un peu bébé pour son âge. Elle dort avec son ours en peluche ! Julia, la sœur de Manon est beaucoup plus mûre.
— Ils doivent bien avoir une piste... Un viol sous drogue ? Avec l'ADN du nouveau-né, ils peuvent retrouver le coupable, bon sang !
— Tout le monde est sous le choc. Le petit est encore en couveuse. Le médecin pense qu'il est né à environ sept mois de gestation.
— Pauvre bout de chou ! Qui va s'en occuper ?
— Les parents. La mère de Morgane a décidé de le prendre chez elle, malgré les protestations de sa fille !
— Elle n'en veut toujours pas ?
— Non, elle est dans un total déni !
— C'est une aventure épouvantable. Manon et sa sœur ne sont pas près d'oublier ce jour-là... Elle s'en est bien sorti ton amie !
— Oui, elle fera une bonne sage-femme. Elle avait peur de se faire mettre à la porte de l'école !
— Et pour quelle raison ? Elle n'a fait que son devoir : sauver une gamine en danger.
— Les flics lui ont dit : « et si ça s'était mal passé, si l'un des deux était mort ? » Comme si elle n'y avait pas pensé !

— Les secours sont arrivés après la bataille, elle n'y est pour rien...
— Et ce bébé, il a un prénom ? Pas Désiré, j'espère ! Elle rit aux éclats. Oh, pardon ma puce, je n'ai pas pu résister !
— Hortense ! Ça restera entre nous ! Ils l'ont appelé Nino, comme le père de Diégo. Enfin, le grand-père de Morgane.
— C'est très mignon. Espérons que cette gamine se remettra de tout cela. J'imagine qu'elle est suivie par un psy.
— Oui, elle doit même tenter l'hypnose. Son amie Julia est soucieuse. Elle ne comprend pas que sa copine n'aille pas à la maternité voir son petit.
— N'empêche, c'est une histoire glauque. Gerhard raconte qu'au collège les professeurs ne parlent que de cela. Leur angoisse est légitime, s'il y a eu un viol pendant les intercours... Les jeunes sont tous muets, personne ne dit rien, mais il y a bien eu quelque chose, ce n'est pas la Sainte Vierge, la môme ! Et la Sainte Vierge, hein, tu sais ce que j'en pense !
— Je sais, Tantine, je sais.
Ma grande tante avait toujours été anti-religion. Pendant mon enfance, mémé Laure, la mère de papa, nous faisait faire des prières. Lorsque Hortense l'avait appris, elle avait hurlé. Ma grand-mère Gilberte devait calmer tout le monde, et nous, Léandre et moi, on rigolait. C'était folklorique les repas de famille !
— Les résultats de l'ADN vont bientôt arriver, le mystère sera élucidé. Ou peut-être pas, si c'est celui d'un inconnu... Bon, je file, je vais me mettre en retard. À ce soir Hortense !
— Une tarte poireaux-fromage, ça te va pour souper ?
— Génial, à ce soir !

Chapitre 4

Novembre
Gerhard

Pas mécontent que la semaine se termine. Depuis l'évènement du mois dernier, au collège, on ne parlait que de Morgane Duffin. Ce qui lui était arrivé était épouvantable. Je ne l'avais pas revue en cours, sa mère m'avait envoyé un message, elle serait de retour lundi. Ça risquait d'être difficile pour elle. Il y avait eu une consultation de tout le personnel afin que l'on ait tous les tenants et aboutissants de l'histoire. Le principal nous avait annoncé qu'il y aurait un prélèvement d'ADN de tous les enseignants et élèves masculins. Ça paraissait normal. Évidemment, Casparelli avait hurlé que c'était inadmissible, qu'on devait juste nous croire… Il avait parlé de notre bonne foi ! Il y a tout de même bien quelqu'un qui avait engrossé cette gamine. Y avait-il un salopard parmi nous ?
J'avais envie d'aller sonner chez Hortense. Je n'osais pas. Si je m'écoutais, j'irais toutes les cinq minutes. Elle me fascinait. Douceur et énergie. Voilà ce qu'elle dégageait. Je l'avais invitée à m'accompagner au dancing le lendemain en fin d'après-midi. J'avais cru comprendre qu'elle aimait valser. Je faisais cela plutôt bien ! Merci Magda !

Avant de retrouver mon appartement, je pris la route du Salbert. C'était un mont du massif des Vosges qui dominait Belfort. Il n'était qu'à six cent cinquante et un mètres d'altitude, mais à cette saison, l'endroit restait sauvage, la forêt se parait de jolies couleurs automnales. Arrivé au sommet, je garai la voiture et entrepris le tour du fort Lefebvre. C'était un ouvrage qui faisait partie de la ceinture fortifiée de Belfort. J'avais appris il y a peu qu'il avait servi aux militaires jusqu'en 1972. Je m'étais même laissé dire qu'il fut occupé par les forces de l'OTAN. À présent, c'était une association qui le restaurait. Je marchai le long des remparts puis m'assis sur un banc. La vue sur la région était splendide. Je pensai à Hortense, à Morgane et mon esprit dévia sur ma jeunesse.

Le jour où mon père m'avait chassé de la maison, j'avais erré dans les proches alentours en songeant que, pris de remords, il allait tourner avec sa Mercedes pour me récupérer. Il n'avait pas bougé, je m'illusionnais. Je venais d'avoir dix-sept ans. J'avais d'abord dormi sous un appentis dans un quartier désert de la ville. J'avais traîné des mois, à faire les poubelles, à mendier parfois. La déchéance arrivait à toute vitesse quand on n'avait plus rien. Un type m'autorisa à passer la nuit dans une vieille bagnole échouée dans une cour d'immeuble. Puis un jour, la voiture partit à la casse. De temps en temps, j'allais dans un genre de home pour sans-papiers, un foyer, comme on dit en France. Je pouvais dormir au chaud, me laver et même choisir de nouveaux vêtements. Mais un soir, à la douche, deux mecs vicieux étaient venus m'entourer, ils étaient comme moi, à poil. Le plus costaud bandait, il se colla derrière moi, je voulais hurler, mais le second pressait ses mains sur ma bouche. Je sentais le sexe dur du type contre mes fesses, j'étais terrorisé, mort de peur. Tout à coup, tout s'arrêta. Ce fut un film au ralenti, un géant barbu, brun, nu aussi, arracha les deux agresseurs et les envoya valdinguer contre les lavabos. Pendant la bagarre, je m'étais recroquevillé dans un coin en pleurant et en tremblant. Je n'entendais plus que des gémissements et le bruit de l'eau qui continuait de couler dans la douche.

Mon sauveur se nommait Doruk, un Turc. Il faisait la manche en jouant de la guitare devant la gare ou près des supermarchés. En Allemagne depuis quinze ans, il me narra son incroyable histoire. Il avait pour pseudonyme Claudius. Il racontait que cela passait mieux pour un artiste.

Claudius, baladin sans domicile, avait gratté sa guitare en France, à Paris, pendant des années. Des étés trop chauds, des intempéries, des nuits d'hiver glacées. Mais inlassablement, il chantait, attendant une éclaircie, un message divin... Puis elle était arrivée l'éclaircie dans sa vie. Elle avait pour prénom Camille. Ils s'étaient rencontrés à la sortie du métro. Il interprétait ses compositions en jouant de son instrument debout sur le trottoir, et elle, après une journée de shopping, regagnait son hôtel. Elle s'arrêta, le dévisageant avec curiosité. Puis à la fin de la chanson, elle se pencha et jeta quelque chose dans la soucoupe posée devant lui. Elle s'éloigna d'un pas vif, perchée sur des talons hauts et élégants.

Il laissa son regard traîner un moment le long des jambes fines et galbées. Après toutes ces années de galère pendant lesquelles il dormait à la belle étoile et par tous les temps, il faisait les gestes et jouait ses mélodies comme un automate. À la tombée de la nuit, il remballa sa fidèle guitare et compta les bénéfices de sa journée. Pas si maigres, se dit-il en dépliant le billet de cinquante euros duquel s'échappa un petit papier. Il le ramassa et lut :

« Grand hôtel, chambre cent vingt. Gîte et couvert pour vous, vingt heures ».

Il s'y rendit tranquillement à pied. Le plus cocasse fut la tête de l'hôtesse d'accueil lorsqu'il se présenta, vêtu de son vieux jean et de sa chemise déchirée. Sans hésiter, il annonça : « On m'attend, à la cent vingt ! ».

Ce fut le début d'une incroyable romance. Il abandonna la ville et les couloirs du métro, la suivit plus à l'Est, au nord de Strasbourg.

L'histoire d'amour s'arrêta brutalement à la mort de Camille, trois ans auparavant. Elle s'écroula devant lui un matin, sa tasse de café à la main, belle et souriante, foudroyée par une rupture d'anévrisme.

Et lui, le pauvre, le troubadour, l'ancien artiste de rue, se retrouva dans cette ville hostile. Retour du turc sans papiers.

Il reprit son instrument, ses chansons et traversa la frontière pour échouer à Heidelberg.

C'est ainsi qu'il me récupéra nu et en larmes, dans un coin de douche, ce soir de novembre. Il m'offrit sa deuxième guitare, me donna des cours, tantôt sous un abribus, tantôt sur le bord du trottoir ou parfois sur un banc dans la grande salle du foyer. On finissait par manger à notre faim. Avec les pourboires dans le chapeau, on se payait même un restaurant de temps en temps. J'étais resté deux années à faire le troubadour. Puis ma mère m'avait retrouvé. Je ne voulais pas abandonner Claudius, il vécut quelques jours avec Magda et moi. Un matin, l'oiseau s'était envolé du nid. Je l'ai cherché pendant un an. Mon ami, mon sauveur, mais en vain. Il avait disparu. Je le cherchais encore et lorsque, au hasard des rues de la ville, j'entendais un son de guitare, je me précipitais pour appeler Claudius !

La nuit posait déjà son voile sombre, je descendis de ma petite montagne dans la pénombre. Au moment où je garai la voiture, un crachin glacé se mit à tomber.

Hortense

Les robes étaient étalées sur le lit. Quel casse-tête ! Laquelle allais-je porter cet après-midi ? Iris était partie rejoindre ses parents. Dommage, elle aurait pu me conseiller. La noire paraissait trop chic, la bleue, trop légère pour la saison... Peut-être celle-ci ? Je saisis le vêtement soyeux, imprimé de fleurs grises sur un fond rose foncé. Oui, elle serait parfaite avec les escarpins bordeaux et je me coifferai d'un chignon banane. J'étais excitée telle une jouvencelle ! Depuis la mort de Lucien, je n'étais jamais retournée danser ni faire la fête. Oh, je n'avais pas été privée de sorties, j'avais participé à des repas au restaurant avec des amies. J'espère que je connaissais toujours les pas de valse, ça devait être comme la bicyclette, ça ne s'oubliait pas !

L'année de mes treize ans, mes professeurs de collège organisèrent un voyage de trois jours en Forêt Noire. Mes parents avaient attendu avant de m'inscrire, car le coût était assez élevé pour eux. George et Ariane avaient proposé de participer aux dépenses. J'entendis mon grand frère décréter à papa :

— Il faut qu'elle y aille, ça lui fera du bien cette sortie. Laissez-la, trois jours, ce n'est pas la mer à boire !

Les enseignants décidèrent d'organiser une soirée dansante afin de récolter de l'argent, cela aiderait les familles encore hésitantes. Ma classe avait été sollicitée pour décorer le réfectoire en salle de bal. Les tables étaient le long des murs, une estrade avait été louée pour le groupe de musiciens et un bar avait été improvisé à l'extrémité de l'espace. Le samedi de la fête, mes parents étaient vêtus de leurs plus beaux atours. J'avais sorti une jupe plissée écossaise, un petit pull à manches bouffantes, j'avais noué mes cheveux en queue de cheval entourée d'un ruban rouge. Je me trouvais jolie, surtout depuis que j'avais roulé de deux tours la ceinture du kilt pour le raccourcir. Hormis l'heure durant laquelle je fis le service des boissons, je dansai toute la nuit, surtout avec mon voisin de table en classe, Jean-Pierre. Il était un peu pataud, m'a souvent écrasé les pieds, mais il était craquant et sentait bon. À quatre heures du matin, le principal demanda à l'orchestre de jouer le dernier morceau. Je ne sentais plus mes jambes. Papa était venu me chercher. Je m'étais endormie dans la voiture.

Quelques mois plus tard, au cours du séjour en Allemagne, nous avions eu l'autorisation de descendre à la boîte de nuit sous l'auberge de jeunesse. Je gagnai une réputation de danseuse intrépide et infatigable.

Iris avait invité Manon à souper, la veille. Nous avions beaucoup parlé de la naissance du petit Nino. L'adolescente nous avait expliqué que sa sœur était très secouée par l'évènement. Morgane n'avait pas encore repris les cours. Elle ne voulait pas. Elle disait à Julia qu'elle n'avait pas la force d'affronter les collégiens ni les professeurs. La recherche d'ADN n'avait rien donné. Un élève était manquant le jour du prélèvement, alors aussitôt, les

gendarmes avaient pensé qu'ils tenaient le coupable ! Mais le pauvre garçon était à la clinique, il venait de subir une appendicectomie. Retour à la case départ. Ils continuaient leurs investigations pour savoir qui Morgane avait croisé il y avait sept ou huit mois. Avec l'aide des parents, ils reconstituaient ses déplacements, notaient ses fréquentations…
Nino n'était plus en couveuse, il prenait des forces, mais il resterait encore à l'hôpital. Il n'avait toujours pas rencontré sa maman biologique, elle refusait d'aller le voir.

Je m'assis sur mon canapé, j'avais besoin de réfléchir.
Nous avions tant dansé avec Lucien. Le tout premier bal avec lui, c'était une soirée de médecins à Besançon. Une grande salle richement décorée et fleurie, bourrée de femmes et d'hommes vêtus comme pour un gala, on était en 1970. Après les évènements politiques de 1968, tout le monde voulait faire la fête. Le groupe de musiciens sur l'estrade était connu. J'étais éberluée et ne savais plus où donner de la tête. Ariane était même venue quelques jours auparavant pour m'aider à choisir une jolie robe. Dans une boutique du centre-ville, nous avions acheté une petite merveille, une forme droite, assez courte, noire, avec de belles manches pagodes et des perles autour de l'encolure. Je la trouvais divine. Aux essayages, la vendeuse ne tarissait pas d'éloges : « Vous êtes magnifique, cette robe est faite pour vous, etc. »
Lucien s'était extasié lorsque je l'avais enfilée pour notre sortie. Des escarpins vernis à talons bottiers complétaient la tenue.
Des médecins, des chirurgiens, des scientifiques. Du : « Monsieur le Professeur par-ci, Maître par-là », Lucien me présentait : « Hortense, ma fiancée », certains répondaient : « Ravissante » ou « très jolie », les épouses susurraient :

« Enchantée » ! Un très vieux monsieur se pencha devant moi, prit ma main et la baisa en disant : « Vous êtes une perle, chère jeune demoiselle ! », Lucien me glissa à l'oreille que c'était l'ancien directeur de l'hôpital. On grignotait des petites bouchées délicieuses, si minuscules qu'elles auraient à peine comblé une dent creuse. Puis il y eut la première valse. L'orchestre joua : « Une valse à mille temps de Brel ». Lucien s'empara de ma taille et en fredonnant de sa belle voix basse m'embarqua sur la piste...
Je chantonnai tout en me préparant :
« Une valse à trois temps,
Qui s'offre encore le temps
Qui s'offre encore le temps
De s'offrir des détours... »

Je pensais beaucoup à Gerhard depuis quelque temps. Ça me déstabilisait. Depuis la mort de Lucien, je n'avais jamais imaginé avoir une relation avec un autre homme. Encore moins de tomber amoureuse. Et voilà que ce voisin me faisait tourner la tête. Ce type trop jeune pour moi, j'étais ridicule. Devais-je annuler l'invitation ? Avant de partir, Iris m'avait répété :
— C'est chouette. Va guincher, amuse-toi bien !
En admettant que Gerhard ait envie d'une relation, la différence d'âge allait lui sauter aux yeux ! Je m'emballais, je m'emballais. Au fond, il désirait sans doute juste danser, pas draguer une mémé !
Je m'habillai en chantonnant. J'eus quelques difficultés à enrouler correctement mes cheveux, je dus m'y reprendre plusieurs fois. Le résultat final était ma foi, plutôt réussi !
Lorsque j'ouvris la porte avec un large sourire, je lus dans les yeux de Gerhard que je lui plaisais. Et c'était tout ce qui m'importait à cet instant.

Sylvain, demi-frère de Sabine, oncle de Morgane

Une épée sur la tête. Comme l'autre, comment s'appelait-il ? Damoclès ! Il avait fallu que je cherche sur Wikipédia pour connaître l'origine de cette expression.

« *D'après la légende grecque, Damoclès était un courtisan du roi Denys l'Ancien, qui flattait souvent le monarque à propos de ses richesses et du bonheur attaché à sa condition. Pour faire comprendre à Damoclès combien ce bonheur était précaire, le souverain l'invita un jour à un banquet. Damoclès était attablé, une épée suspendue au-dessus de sa tête ; mais cette épée n'était retenue que par un crin de cheval. C'est pourquoi l'on parle d'une "épée de Damoclès" pour décrire une situation périlleuse ou pour évoquer des circonstances particulièrement risquées.* »

Je n'habitais pas Belfort, mais les environs, en direction du Ballon d'Alsace. À l'origine, je venais de Besançon, enfin, à côté. J'étais le demi-frère de Sabine.
On n'avait aucun lien de parenté Sabine et moi, nous étions juste dans la même famille d'accueil. Et cette nana, je l'avais toujours aimée. Pour elle, j'étais comme un frangin, mais moi, j'aurais voulu sortir avec elle. Quand elle avait

commencé à voir des mecs, je m'arrangeais pour lui casser ses coups, sans qu'elle le sache, évidemment. Vers mes seize ans, j'étais rentré dans un genre de groupe, un gang. Des gars peu recommandables. Des voyous. Ça l'avait énervée et elle m'avait carrément laissé tomber. Je n'avais plus de nouvelles. Par hasard, en sortant de tôle, j'avais pris six ans pour vol aggravé, j'avais appris qu'elle était mariée et vivait à Belfort. Je la rencontrai au square un jour d'été, elle tenait la main d'une mignonne fillette. On s'était revu, elle m'avait présenté à son mari. Je dus reconnaître qu'il était cool.
J'avais trouvé un job dans un garage, je touchais ma bille en carrosserie, le patron était content de moi. De temps en temps, je faisais le baby-sitter pour la petite pendant que ses parents allaient au ciné ou au restaurant. Depuis toutes ces années, je faisais partie de la famille et Morgane m'adorait. Je l'emmenais faire du roller sur la piste cyclable, elle avait fait beaucoup de progrès. Mais le temps avait passé et elle avait changé, gamine, elle était devenue une mini-femme. Très mignonne. Comme c'était agréable de voir son petit cul moulé dans un jean qui se tortillait devant moi.
Et il y eut ce truc. Et Damoclès !

Je quittai le boulot et roulai jusqu'à la Coulée verte. Je chaussai les rollers. C'était mon hobby, m'élancer les mains derrière le dos, le corps arc-bouté, défier la gravitation et aller le plus rapidement possible. Il n'y avait pas un bruit, uniquement le frottement des roues en ligne. Je m'étais offert la « Rolls » des patins. Je parcourais des kilomètres sans fatigue, en dansant. Une chorégraphie silencieuse, le vent fouettant mon visage, les bras relâchés, je filai jusqu'à la tombée de la nuit. Lorsque je retournai à ma voiture, je ne distinguai plus aucune silhouette sur la piste. J'avais vidé ma tête, momentanément. Dès que je fus assis sur le siège, l'épée réapparut. Damoclès.

J'étais foutu.

Perdue mon insouciance, perdue ma sérénité. Ça m'était tombé comme ça, sur le coin de la gueule. C'était ma faute, évidemment. J'ai réfléchi, je pourrais quitter la région, le pays. La Suisse n'était pas si loin. Je devais me projeter rapidement, avant qu'il ne soit trop tard.

Depuis l'évènement, je n'étais pas retourné chez Sabine. Je lui téléphonais de temps en temps en lui disant que j'avais trop de boulot et pas une minute à moi. Elle répondait : « C'est pas grave Sylvain, tu as tes occupations, c'est normal. On va mieux, Morgane reprend des forces et aussi goût à la vie. Elle te réclame. En revanche, elle ne veut pas voir le bébé, mais je suis en train de préparer sa chambre. Avec Diégo, on passe nos week-ends à peindre et à décorer la petite nursery ! »

Et comme un con, je restais allongé sur mon lit, à glander, à regarder cette épée et à attendre qu'elle me dégringole sur la gueule !

Manon

Iris et Hortense avaient préparé un excellent souper. J'avais besoin de parler. Depuis cette aventure, j'avais la sensation d'étouffer, il y avait quelque chose de sournois qui m'enserrait la poitrine et m'empêchait de respirer. Je me sentais coupable, c'était incroyable tout de même. J'avais mis un enfant au monde, la mère était une gamine, mais oui, je me sentais coupable. Coupable de quoi ? Ce n'est pas moi qui l'avais engrossée. Ça me perturbait, je voulais tellement que cette petite s'en sorte. Elle était abîmée. Je n'en avais pas parlé à Iris devant Hortense, mais Morgane avait fait une tentative de suicide. Elle avait avalé tous les antidépresseurs de sa mère. Elle avait eu droit à un lavage d'estomac et la psy ne la lâchait plus. Une petite adolescente toute cassée, par la faute d'un type qui ne se manifestait pas. On finirait par le dénicher. Quand je disais « on », je nommais les flics. Djibril me rabâchait de me calmer, de lâcher prise, de me consacrer à mes études et… à lui ! Il avait raison, ce n'était pas mon histoire ni même celle de ma sœur…

J'avais rendu visite à Nino en pédiatrie. Un mignon bambin menu, il changeait beaucoup. Sabine était arrivée et s'était

empressée de le serrer dans ses bras. Elle en était complètement folle. C'était son bébé... Étrange situation ! Elle avait trente-huit ans et aurait pu être sa mère. Mais ce n'était pas le cas, elle était la grand-mère ! Le nouveau-né pourrait quitter l'hôpital la semaine suivante. Apparemment, il était attendu. Sauf par sa génitrice.
Julia était triste depuis l'affaire Morgane et je savais qu'elle poursuivait sa propre enquête. Je ne voyais pas comment elle pourrait découvrir qui était le père de Nino, mais elle était rusée, et avec une ou deux complices du collège, elle menait de sérieuses investigations. Hier soir, elle m'avait montré un cahier rempli de notes, la liste du réseau d'amis de Morgane jusqu'à sa famille. Les oncles et tantes, les grands-parents, les amis de Sabine et Diégo. J'appris que Sabine n'avait pas de famille, à part un lointain frère de foyer d'accueil. En revanche, Diégo avait trois sœurs, toutes mariées dans les environs de Belfort. Sabine était secrétaire, elle avait des collègues hommes avec lesquels elle était très amie. Tous ces hommes connaissaient Morgane. Cela faisait beaucoup de présumés coupables ! Julia essayait de savoir lesquels avaient rencontré sa copine huit mois auparavant. Je lui ai dit que c'était un travail colossal et qu'elle risquait de s'y casser les dents, ou de se faire des ennemis. On ne pouvait les accuser sans preuve.

Djibril m'attendait en bas de l'immeuble, il faisait froid, le vent me gifla au moment où je passai le porche. Mon amoureux me serra dans ses bras immenses. Nous avions prévu de nous installer ensemble dès le mois de janvier. J'en avais touché un mot à maman, elle avait très bien saisis. J'avais peur que Julia se sente abandonnée, je serais toujours là pour elle, j'espérais qu'elle comprendrait.
Quelquefois, Djibril me parlait de ses parents, ce qu'ils avaient vécu en Somalie, et puis cette expédition pour

rejoindre des états en paix. Il me racontait le visage de sa petite sœur et en me montrant une photo, il pleurait. La souffrance était présente. Le corps de la fillette était resté quelque part en Angola. Avec sa famille, ils avaient entrepris un voyage improbable. Ils espéraient quitter la Somalie en traversant des régions dangereuses jusqu'en Angola, puis trouver un bateau pour remonter au Portugal. Malheureusement, l'Angola était un immense pays. La petite Fahria tomba malade alors qu'ils atteignaient la ville de Cahama, elle mourut dans les bras de sa maman. Il préférait oublier et n'aimait pas évoquer ces évènements. Il était très jeune, mais avait été marqué par le désarroi de ses parents. Je les avais rencontrés une fois, Aya sa mère était une femme très douce, mais aussi très réservée. Elle peinait encore avec le vocabulaire français. Son père Oussman paraissait bourru. Djibril lui ressemblait beaucoup, très grand, beau visage carré. Je craignais qu'ils ne m'acceptent pas. Une fille blanche débarquant dans la vie de leur fils unique, ce n'était peut-être pas ce qu'ils imaginaient comme avenir pour lui. Lorsque nous avions quitté l'appartement, après avoir dégusté un délicieux « lalooh » viande et épinards, Aya avait mis ses mains sur mes épaules et avait dit : « Je te confie la chair de ma chair, soigner bien lui ! ». J'avais balbutié avec émotion : « Promis, Aya ».

Nous avions terminé la soirée pelotonnés l'un contre l'autre. Sous la couette de son lit, nous avions échangé des caresses et avions fait l'amour doucement…

Gerhard

Un fiasco ! Quelle désillusion en arrivant au « Dancing », enfin, maintenant, on appelait cela une boîte. Franchement, cet endroit, ça n'était pas pour nous ! Un décor suranné, des regards inquisiteurs. J'étais très mal à l'aise en constatant que la moyenne d'âge était de soixante-quinze à quatre-vingts ans. Hortense faisait figure d'une jouvencelle là au milieu. Et la musique ! Des valses, certes, mais dont le tempo était ralenti pour que les anciens puissent faire leur pas lentement malgré leur arthrose ! Nous nous sommes néanmoins installés à une table. J'ai invité ma cavalière pour une danse, mais je la sentais piaffer entre mes bras. Elle avait envie d'accélérer la cadence. Du coup, je lui ai écrasé le pied, difficile d'adopter le bon rythme. Bref, ratage complet. Après avoir avalé notre thé, amer et tiède, nous nous sommes consultés du regard et avons pris la poudre d'escampette.
Dans la voiture, nous avons ri aux éclats. En montant l'escalier de la résidence, j'ai proposé à ma voisine de venir boire un verre avant de nous séparer. Au moment de chercher une bouteille de Muscat du Rhin, j'ai fait demi-

tour, mis un disque de valses sur la platine, poussé la table et les chaises, Hortense m'y a aidé. Et dans mes bras, elle avait tournoyé au milieu du salon. Je la serrais contre moi. À la fin du morceau, nous sommes restés enlacés un instant. J'ai voulu déposer un baiser sur ses lèvres, mais elle s'est écartée et m'a dit :
— Non, Gerhard, je t'en prie…
Je n'ai pas insisté. Elle s'est levée et, glissant sa main sur mon avant-bras :
— Bonne soirée, merci pour cette valse.
Elle quitta l'appartement sans bruit, laissant juste un doux effluve de parfum fleuri.
J'ai replacé les meubles en maudissant ma maladresse. Cette femme m'attirait, mais je me conduisais comme un pataud malhabile. Demain, je lui apporterai des fleurs, elle avait de la classe, elle méritait d'être traitée comme une reine.
Pour chasser le cafard et l'amertume qui commençaient à m'envahir, je me suis plongé dans les corrections des troisièmes « A ».
Je songeai brièvement à Ruth, mon ex. Quel tempérament ! j'étais toujours séduit par des femmes dynamiques et joyeuses, étonnant, moi qui n'étais pas un boute-en-train. Même Inga, rencontrée durant mes études et avec laquelle j'avais eu une courte liaison, c'était la rigolote du lycée, intrépide et infatigable. Elle me fascinait, par sa beauté, sa fraîcheur et son intelligence. Elle m'avait quitté, me reprochant ma nonchalance, mon manque d'engagement. Et c'était la réalité, je me laissais porter, vivais ma vie comme un spectateur de moi-même et non un acteur. Hortense dégageait cette même énergie, une vivacité d'esprit qui me fascinait. Je savais cependant que je la perdrais avant même de la conquérir si je ne changeais pas de tactique. Mais il était difficile de bousculer une montagne !

Hortense

Étrange après-midi. Le dancing : « La maison rouge » était en réalité un EHPAD ! J'étais une mauvaise langue, mais c'est du moins ce que j'avais ressenti en pénétrant dans la salle aux murs écarlates, au parquet noir, trop ciré et usé par des générations de danseurs. Au plafond, entre des lampadaires roses d'une autre époque, pendait une boule disco à facettes. Des vieillards se trémoussaient là au milieu. Je m'étais sentie décalée, pas du tout à ma place. Je crois que Gerhard avait eu le même sentiment. Le thé était dégoûtant, j'étais certaine qu'il s'agissait d'un produit bas de gamme empli de pesticides. Nous avons tenté de valser, mais allez tourner sur un slow ! On s'était vite sauvés.

En rentrant, j'avais bu un verre de vin chez Gerhard et on avait dansé sur une jolie musique d'Europe Centrale. Il avait voulu m'embrasser... Et je n'avais pas pu. J'avais esquivé. J'essayais d'analyser mon ressenti. J'étais veuve depuis douze ans, je n'avais eu aucune relation depuis ce temps. Personne. Pourtant j'avais souvent eu envie de sentir une autre peau contre la mienne, une autre chaleur, une autre odeur, une autre respiration. Caresser et jouir. Oui, j'ai eu envie à maintes reprises. Mais j'avais mis tout ça de côté,

dans le compartiment « hors d'atteinte ». Puis Gerhard était arrivé avec sa haute stature, son visage tourmenté, son passé incroyable.
Il me touchait. Je voyais dans ses yeux, son regard qui m'aimait déjà.

Je ne souhaitais pas d'histoire d'amour à soixante-dix ans, je ne voulais plus ce genre d'émotion. Mon corps n'avait plus cette séduction de mes jeunes années. Je le gardais pour moi. Pour moi les rondeurs, la peau flétrie. J'avais tant aimé Lucien, toutes ces années je n'avais que lui. Mon souffle, mon homme, un pilier dans ma vie, solide comme le roc et pourtant si sensible. Nous avions beaucoup souffert de ne pas avoir d'enfant.
Nous nous étions résignés et consolés en nous occupant de nos neveux. Bénédicte adorait venir chez nous. Notre jardin de Botans était immense et je la revoyais cueillir des fleurs pour garnir ses cheveux et faire d'énormes bouquets. Quelquefois nous les gardions tous les trois, Astrid était encore un bébé. Ces nuits-là, je n'osais dormir de crainte qu'il arrive quelque chose à l'un ou l'autre des petits. Gilberte se moquait de moi et de mes peurs. Pierre passait des heures à bricoler avec son oncle, ils partaient dans le bois et en rapportaient des baguettes pour fabriquer des mobiles ou des cabanes à oiseaux qui enchantaient les filles et que nous peignions ensuite tous ensemble ! Il était facétieux, un véritable clown. Il me manquait, le Luxembourg n'était pas si loin, mais il ne venait que rarement dans la région. Il me téléphonait régulièrement, ainsi que sa sœur Bénédicte.
Mon Lucien avait consacré sa vie de médecin à tous les habitants de notre village et de ceux des environs. Il se déplaçait parfois tard le soir ou même au milieu de la nuit, mais jamais il ne laissait quelqu'un dans le désarroi. Je

prenais les appels. Régulièrement, je lui donnais un coup de main pour tenir et consoler un gamin hurlant avant une piqûre. Les mamans paniquaient, elles n'étaient pas d'une grande aide et mes poches étaient remplies de bonbons ! Mon Lucien, parti si vite, tenant mes mains et murmurant : « On se reverra ma douce ! »
Gerhard me troublait, certes, mais saurais-je lui donner une place ?
J'épluchais quelques légumes pour préparer une soupe. Aussitôt, dans ma tête surgit un : je lui apporterai une assiette de potage ! Mais n'importe quoi ! Non, je ne traverserai plus le couloir aujourd'hui.
Iris ne rentrerait pas avant demain. La veille, elle avait voulu que je continue mon histoire d'emploi à la clinique, puis Manon lui avait téléphoné. Elle avait terminé la soirée dans sa chambre.

À dix-neuf heures, je sonnai chez mon voisin, je lui offris un bol d'un odorant velouté de légumes. Nous discutâmes sur le palier et au moment où je quittai Gerhard, je croisai madame Gentil qui remontait avec Pompidou dans les bras. Pompidou, c'était son chien, un animal de poche qu'elle habillait tel un bébé. Elle l'avait affublé de ce patronyme parce qu'elle adorait l'ancien homme politique. Sans commentaire !
Depuis que j'habitais dans cet immeuble, je fuyais cette femme et j'évitais toute conversation avec elle. Elle était assez malsaine, toxique, comme déclaraient les psychologues. J'étais convaincue qu'elle allait colporter des ragots jusqu'au syndic. Mais cela m'était bien égal.

Il tenait mes mains pendant que je lui donnais le bol. Je lui dis :
— Rends-moi mes doigts, s'il te plaît.

— Oh, pardon, tes mains sont tellement douces... merci pour le potage, il sent bon !
On croirait des mômes prépubères.
Le cœur battant, je fis demi-tour et retournai à mon appartement, il m'interpella :
— Hortense, on va danser samedi, ça te dit ? J'ai trouvé un autre endroit. Mieux, j'espère ! Et dans quinze jours, il y aura la soirée dansante du club de tennis, repas et bal... Je nous inscris ?
— Je ne sais pas... Je te donne une réponse demain, d'accord ?

Mme Gentil, la voisine.

Au moment où je ramenais mon Pompidou de son petit pipi, j'ai croisé la veuve Belvue qui apportait un bol de soupe chez le boche. On aura tout vu dans cette résidence. J'avais l'intention de signaler au syndic qu'elle logeait une jeune fille. C'était normal que l'on soit au courant de qui fait quoi, tout de même ! J'avais même rencontré un Africain un soir en rentrant de balade, j'avais eu une de ces peurs ! Il était dans le hall, les mains dans les poches. Allez savoir s'il n'avait pas de mauvaises idées ! J'étais montée le plus lentement possible par l'escalier et je l'avais épié. Il avait été rejoint par une fille à cheveux courts. En riant, ils avaient emprunté l'ascenseur et étaient allés chez la Belvue. Un vrai moulin, son appartement. Et voilà à présent qu'elle copinait avec le Teuton, non, mais que croyait-elle ? Qu'il allait la mettre dans son lit ? Les temps avaient bien changé… Quand mon Hubert était de ce monde, ça ne se passait pas comme ça, n'est-ce pas, Pompidou ?
Le matin, je m'étais rendue au commissariat, à deux pas de l'immeuble. J'avais voulu porter plainte contre les appels de publicités. C'était incroyable tout de même, le téléphone sonnait sans arrêt quand j'étais devant mon feuilleton et ces

gens ne parlaient pas français ! Le policier me regarda de haut et me répondit que ce n'était pas de son ressort, il ne s'occupait pas de ce type de réclamation. Alors, à quoi servaient-ils, je me demande ! Et le chef m'avait raccompagnée en disant qu'il fallait que j'arrête de les importuner. Il avait ajouté en riant et fier de lui :
— Soyez gentille madame Gentil, restez chez vous !
J'allais écrire au préfet, ce genre de comportement était inadmissible ! Ah, c'est sûr que du temps de feu mon mari, ces situations n'auraient pas existé, hein mon Pompidou d'amour !

Puis cet Allemand qui avait emménagé dans l'immeuble... Il était professeur, d'accord, mais savait-on d'où il venait et qui étaient ses parents ? On donnait le Bon Dieu sans confession à un type parce qu'il avait une bonne tête et au final, on apprenait qu'il était le fils d'un tortionnaire ! J'avais bien essayé de demander aux policiers de vérifier, mais ils m'avaient éconduite, comme à l'accoutumée. J'en parlai à monsieur Buffet, il était ami avec mon Hubert, il travaillait aussi aux impôts. Il m'avait rétorqué que ce n'était pas son rôle, que ce garçon enseignait au collège et tout le monde l'aimait bien, le sujet était clos. Même celui-là ne me comprenait pas. Gerhard Fromm, en voilà un nom. L'autre dimanche, en passant devant sa porte, j'ai tendu l'oreille et entendu de la musique allemande, comme de l'opéra, mais tout en boche. Du Wagner, sans doute. Ça ne m'étonnait pas. Allez, viens sur mes genoux, Pompidou, c'est l'heure du feuilleton.

Chapitre 5

Décembre
Astrid

Les vitrines étaient déjà parées de leurs décorations scintillantes. Des pères Noël déboulaient de tous les coins et les étals débordaient d'idées cadeaux. C'était trop, trop de clinquant, trop de superficialité, trop de tout. Et ces chants à chaque carrefour, ça prenait la tête. Je me rendis compte que je n'aimais plus la ville, l'effervescence, les gens qui nous bousculaient, les magasins qui foisonnaient de bazar inutile... Les chalets sur la zone piétonne exhalaient des odeurs écœurantes de friture, de vin chaud ou de gaufres... Depuis mon enfance, je n'appréciais plus cette mascarade commerciale. Quand Iris et ses frères étaient petits, je prenais sur moi, faisais des efforts. Leurs yeux brillaient de bonheur lorsqu'ils rencontraient le père Noël, ou admiraient les vitrines illuminées. Impossible de gâcher leur plaisir.
Je me dépêchai de terminer les emplettes, saluai des connaissances par-ci, par-là. Je sortis de la galerie marchande pour reprendre ma voiture au parking et je tombai sur Hortense qui déboulait d'une boutique. Nous allâmes boire un thé au café du théâtre.

— J'ai récupéré une veste au pressing, mais vraiment, naviguer au centre-ville me fatigue, je suis comme saoule.
— Moi aussi, Hortense. Dans le temps, j'adorais flâner, regarder les vitrines, faire les magasins avec ma mère, traîner à droite et à gauche, enfin, je veux dire, en dehors de cette période de Noël. À présent, à peine arrivée, j'aimerais déjà rentrer chez moi !
— Tu vieillis, Cocotte !
— Sans doute ! C'est tout ce déferlement de cadeaux qui me gave. As-tu jeté un coup d'œil aux jouets ? C'est effrayant, ces machins en plastique de toutes les couleurs, des trucs qui, au bout d'un mois, se retrouveront au fond d'un coffre ou pire, cassés et à la poubelle ! Pff !
— Tu es bien amère, ma belle ! Ça va ?
— Oui, c'est juste cette période qui me fiche le bourdon. J'ai un cafard monstre tous les ans en décembre. Papa est mort une veille de Noël et… c'est au moment de Noël que je… que j'ai… tu sais…
Ma tante prit et caressa mes mains. Elle m'observa avec tendresse.

J'avais douze ans, mes parents et ma grande sœur travaillaient, mon frère Pierre ne vivait plus à la maison. On était un vingt-trois décembre, j'étais seule, en vacances, quand on sonna à la porte. C'était Jean-Luc, un ouvrier de mon père. Il savait pertinemment que Georges s'était déplacé avec la dépanneuse. Il voulut que je lui offre un peu de vin puis commença à caresser mes cheveux. Il parlait, il parlait et soudain, le brouillard, ses mains sur moi de plus en plus agressives, les douleurs, la peur. Il devint brutal, remonta ma jupe, baissa mon collant, ma culotte et me viola, là, sur le canapé. Il appuyait avec force sur ma bouche une énorme paluche qui puait le cambouis. Je suffoquais.

Quand il eut terminé son affaire, il lava son verre et partit en me menaçant :
— J'te préviens si tu causes, tu es morte, gamine !
Papa rentra peu de temps après, j'étais prostrée, tremblante sur le divan et je pleurais toutes les larmes de mon corps. Il y avait du sang entre mes cuisses et des bleus partout. J'ai tout dit, tout raconté, même le verre de vin.
Georges devint livide, il se leva, fit craquer les jointures de mains. À la porte, il lâcha :
— Tu répètes tout à ta mère, ma puce. Et vous m'attendez.

Jean-Luc eut la mâchoire et l'épaule gauche fracturées, les yeux au beurre noir, deux côtes cassées et un traumatisme crânien. Des ecchymoses plein les jambes, le docteur crut qu'il avait été renversé par une voiture… Il se retrouva à l'hôpital, ne porta pas plainte pour les coups. Après sa convalescence, il quitta la ville. De mon côté, je vis mon oncle Lucien, il était notre médecin, puis un psy. L'affaire s'arrêta là. C'était une époque où l'on cachait ce genre d'évènement. Personne n'en sut rien en dehors de la famille. Maman se lamentait souvent, elle répétait en boucle : « Pourquoi nous, pourquoi ma petite Astrid ? »
Depuis mes douze ans, Noël n'était plus insouciance, ni joie. Je faisais des efforts pour mes enfants qui ignoraient cette horreur. Quand ils étaient plus jeunes, il m'arrivait d'oublier, de me mettre en mode « Père Noël, lutins, sapin et lumières », mais à présent qu'ils étaient adolescents, la magie ne prenait plus et les souvenirs remontaient, plus puissants et plus féroces.
 Ma petite mère Gilberte pleurait tous les ans le vingt-trois décembre. J'irai vers elle à l'EHPAD pour le jour de ce triste anniversaire.

Nous buvions notre thé en silence. Puis Hortense me souffla :
— Tu devrais en parler à Iris, elle a l'âge d'entendre cette histoire…
— Tu as raison. Et je sais qu'elle est perturbée par ce qui est arrivé à Morgane, l'amie de Julia. Car, on est bien d'accord, cette gamine a été abusée, elle aussi. Peut-être fait-elle une amnésie traumatique. Pauvre petite, ou alors, elle joue bien la comédie… Mais non, je n'y crois pas. Je vais raconter cet horrible épisode à Iris, elle ne comprend pas pourquoi je déteste Noël…
— Le bébé est-il sorti de l'hôpital ?
— Oui, depuis deux jours. Morgane s'enferme dans sa chambre pour l'éviter et ne pas l'entendre pleurer. Elle se bouche les oreilles quand il crie. C'est Sabine qui a endossé la responsabilité de mère… Quelle affaire ! Et pour l'instant, l'enquête est à l'arrêt. Quelque part, un sale type vit librement, soupirai-je. Parlons d'autre chose, où en es-tu avec Gerhard ?
— Nulle part. Pourquoi cette question ?
— Allez, Tantine, je sais bien qu'il te drague !
— Je… Non, c'est bien comme ça !
— On se verra au repas dansant du tennis ? C'est déjà ce samedi !
— J'ai accepté de l'accompagner.
— Ah, bravo ! Euh… En ce qui concerne les fêtes, on compte sur toi le vingt-cinq. Pour les enfants c'est important, j'irai chercher maman et il y aura le père d'Étienne.
— Avec plaisir, tu sais bien !

Hortense

Papa était garagiste. Juste avant la déclaration de guerre, il installa son atelier dans un ancien hangar fermier et construisit la maison familiale à l'arrière. En 1939, déjà père de deux enfants, il partit se battre et fut rapatrié après avoir reçu un éclat d'obus dans la jambe. Je me souvenais de lui boitant légèrement jusqu'à la fin de sa vie. Georges, mon frère aîné était resté près de lui, il avait appris la mécanique, et à sa mort, avait repris le garage. Il en fit une succursale de la marque Peugeot. Il eut longtemps un ouvrier qui se prénommait Jean-Luc. Je le connaissais peu, mais je le croisais parfois lorsque j'amenais ma voiture pour une vidange.
Un jour de décembre1989, le vingt-trois, Gilberte me téléphona en hurlant dans l'appareil :
— Hortense, vite, envoie Lucien chez notre mécano, dépêche-toi, je t'en supplie, Georges va le tuer, il va le tuer !!
— Mais explique-toi, je ne comprends rien !
— Jean-Luc a violé Astrid ! Georges est parti comme une fusée chez lui, il va le massacrer !

Il ne l'avait pas tué. Il le désirait pourtant. Mais lorsque Lucien était arrivé à l'appartement, le visage du gars ressemblait à un steak haché et son corps était entièrement tuméfié. Mon époux avait calmé mon frère et ils avaient chargé le mec dans la voiture. Il paraissait en miettes. Mon mari m'avait confié qu'il avait failli sortir avec son beau-frère en laissant l'autre baigner dans son sang. Mais il était médecin...

Quelques jours plus tard, j'étais passée à l'hôpital. Jean-Luc était méconnaissable, il avait un respirateur, deux côtes cassées l'étouffaient, un énorme plâtre et l'air de beaucoup souffrir. Je n'avais pas envie de m'apitoyer, j'avais soulevé son bras et écrit : « Dégage salopard » sur le plâtre, en le regardant, j'avais ajouté : « Ou c'est moi qui te tue ! ».
Il avait fait du mal à notre petite Astrid. De retour chez nous, Lucien et moi avions pleuré. C'était le début des années quatre-vingt-dix, on savait que la justice ne ferait pas grand-chose et même si je ne suis pas fière de ce que les gars avaient fait ce jour-là, je pensais que l'ouvrier n'avait eu que ce qu'il méritait !

Nous passâmes une délicieuse soirée au bal du tennis. Gerhard vint me chercher et nous entrâmes ensemble dans la salle. Astrid et Étienne nous firent signe, nous nous installâmes à leur table. Deux autres couples partageaient l'espace, Jérôme et Caroline, des collègues de mon voisin, puis Nancy et Farid, des dentistes du cabinet de la ville. Ce fut très sympathique. Le couscous fut fameux et nous dansâmes toute la soirée. Plus tard, trop fatiguée après une série de valses, je déclarai forfait pour les paso doble qui suivaient. Gerhard m'invita pour les slows. Je commençais à être épuisée. Il tenait ma taille entre ses mains et je m'appuyais légèrement contre lui. J'étais bien... Si bien.

Au retour, on n'avait même pas parlé, ou peu. Devant la porte, il voulut me prendre dans ses bras, mais je me dégageai doucement en murmurant un rapide bonsoir.

Chapitre 6

Janvier
Hortense

Les fêtes étaient passées. Le vingt-quatre, j'avais réveillonné avec Gerhard. Il était seul, j'étais seule, je le conviai à partager un souper festif. Il insista pour apporter le vin. Nous nous étions régalés, puis après le repas, nous jouâmes au scrabble. Il était redoutable, j'avais gagné la première manche et lui la seconde. Il était trop tard pour la revanche, ce serait pour une autre fois. En me quittant, il baisa mes lèvres, son geste fut si prompt que je n'eus pas le temps de protester, encore moins de l'esquiver.
Le vingt-cinq, comme prévu, je déjeunai chez Astrid. J'avais commandé une bûche pâtissière et préparé de l'argent pour les trois jeunes. Le mari de ma nièce fit les gros yeux, il trouvait que je les gâtais trop. N'ayant pas d'enfant, libre à moi de pourrir mes neveux ! Le père d'Étienne était adorable. Veuf depuis cinq ans, c'était un boute-en-train, toujours une blague coquine aux lèvres. Il me courtisa, c'en était comique, je remarquai que cela gênait son fils. Ma belle-sœur Gilberte souriait silencieusement. Je la trouvai en forme, elle se plaisait beaucoup à la maison de retraite. Ce fut un très bon moment.

Iris revint après les fêtes. Je préparais des tisanes, elle annonça qu'elle désirait la suite de mon histoire de clinique. Lorsqu'elle s'assit, elle me regarda et dit :
— Maman m'a raconté le viol quand elle avait douze ans. J'ai eu mal au ventre et je suis allée vomir.
— Ma pauvre chérie ! Ça t'a fait un choc. Elle est courageuse ta mère, tu sais…
— Mais putain, elle avait douze ans ! Pardon, Tantine !
— Oui, et je m'en souviens comme si c'était hier…
— Trop heureuse que papy ait démonté le mec !
— Ce n'est rien de le dire ! C'était plus rien qu'un amas de viande…
— Bien fait pour sa gueule ! Mais, ce que je ne comprends pas, c'est pourquoi mes grands-parents ne sont pas allés porter plainte chez les flics. C'est ce qu'on fait habituellement, non ?
— On était presque en quatre-vingt-dix. Et mon frère voulait régler l'affaire lui-même. C'est ce qu'il a fait. Il était de la vieille école. Les choses ont changé depuis, heureusement !

Je narrai à ma petite nièce ma visite à l'hôpital. Elle sourit et ajouta :
— Tu as bien fait ! Bon, reprends ton histoire, raconte ta première journée à la clinique, j'ai besoin de penser à autre chose !
— Eh bien, après une très mauvaise nuit dans les catacombes, je suis montée à la pouponnière. Elle se situait au deuxième étage, c'était un immense espace qui se découpait en trois parties. L'entrée, avec la biberonnerie, l'évier, le lave-vaisselle, le stérilisateur qu'on appelait autoclave et la réserve d'eau et de biberons. Venait ensuite une coursive avec à droite les tables de change ainsi que les

baignoires, à gauche des casiers sur deux niveaux dans lesquels on couchait les bébés. En longeant le couloir de gauche, on arrivait dans l'espace des couveuses, là où l'on mettait les prématurés. Les cas les plus graves étaient dirigés vers l'hôpital.
— Oui, normal. J'imagine que vous ne disposiez pas de tout le matériel nécessaire aux urgences pédiatriques.
— Cette journée fut exténuante, comprendre le rythme du travail, découvrir les lieux, se retrouver dans le labyrinthe des chambres des mamans, placer les bébés dans leur casier correspondant, préparer les biberons, apprendre à utiliser l'autoclave. J'en avais le tournis. Je m'étais perdue au moins trois fois dans les couloirs, j'avais pris l'ascenseur pour aller au mauvais étage. Je rencontrais ma collègue Noëllie qui s'égarait aussi ! J'ai dû arpenter des kilomètres en trop. Le soir je m'étais écroulée sur le lit, épuisée et un peu triste, Lucien me manquait. Je ne pouvais pas le joindre. Les machines en face des chambres étaient bruyantes, je me souviens m'être levée pour fermer la porte. La lingère avait ri et dit :
« Ça fait du boucan, hein ! C'est l'essorage, ne t'inquiète pas, c'est bientôt fini. Jusqu'à demain, cinq heures ! Pis, tu t'habitueras ! »
Cinq heures ! J'avais fait la tronche. Impossible de dormir là-dedans. M'habituer, tu parles !
Les deux puéricultrices, Martine et Dominique, responsables de l'unité, m'expliquaient de jour en jour le contenu du boulot. Je donnais des biberons en arrivant le matin, ensuite, c'était les bains à la chaîne. C'était amusant de porter ces petits corps qui se tortillaient en tout sens, ça hurlait et transperçait les oreilles, mais dès le contact avec l'eau, ils se calmaient, et les vermisseaux se métamorphosaient en paresseux pendus nonchalamment sur mon bras comme sur une branche. Je ris à ces souvenirs.

— Après le bain, il fallait langer les nouveau-nés. Emmaillotés dans un molleton bien serré, ils ressemblaient tous à des saucisses blanches vagissantes.
— Ils étaient emmaillotés ? Pas de body ni de grenouillette ?
— Hé non, pas à cette époque, imagine des boudins tout coincés.
Après, je ramenais les bambins propres à leurs mères. Pour ce faire, la clinique disposait d'un véhicule spécial, nous, on l'appelait « la Rolls ». Je ris.
— Visualise une grande caisse de un mètre sur un mètre cinquante, surélevée et posée sur quatre roulettes. On mettait au moins six à huit bébés dessus, et en avant, direction l'ascenseur. Je me souviens que c'était difficile à manœuvrer et j'avoue avoir écaillé quelques peintures aux angles du couloir ! Je faisais un peu auto tamponneuse avec, si tu vois ce que je veux dire !
— Ben, Tantine, j'ai l'impression que tu me racontes un truc de l'avant-guerre !
— Un jour, cela faisait environ un mois que j'étais dans le service, apparut une sage-femme. Elle venait ausculter un enfant né prématurément qui présentait des signes d'insuffisance respiratoire. Enfin, c'est ce que je croyais. Avant de nous quitter, elle me demanda d'aller chercher des protections pour les parturientes et Martine, la puéricultrice ajouta :
« Pendant que tu seras à la réserve, rapporte aussi une boîte de lait maternisé pour les biberons. »
— Elle m'expliqua où se situait le fameux réduit. Je descendis dans le hall, puis empruntai l'escalier qui menait au sous-sol. Là, je dénichai une issue qui ouvrait sur l'extérieur. Comme je n'avais pas trouvé d'interrupteur, je traversai une courette en tâtonnant et j'entrai dans un genre de hangar sombre. Je ne te dis pas l'ambiance, je ne valais

pas cher. Je découvris enfin un bouton électrique, j'allumai, et, dans une lugubre lumière blafarde, j'aperçus sur une table deux petits corps côte à côte. Leurs peaux étaient bleuies par la mort, je reculai et me heurtai à la porte, je sortis précipitamment sans éteindre et remontai en pleurant. Dominique m'accueillit avec un haussement d'épaules : « Tu en verras d'autres ! » répliqua-t-elle.
À cet instant de ma narration, je regardai Iris, elle avait pâli et elle avait les yeux rouges.
— C'était une forme de bizutage, je présume ?
— C'est ce que j'ai pensé. J'en avais discuté avec la fille qui dormait dans le troisième lit. Elle me répondit qu'elle avait vécu ça aussi en arrivant. C'était leur façon de nous montrer que notre statut d'étudiantes était bel et bien terminé et ce genre de situations, ça les faisait marrer ! Le local servait pour les enfants mort-nés en attendant une sépulture…
— Mais c'est horrible ! Au milieu de la réserve de couches, sans même une bougie ou une fleur !
« C'est comme ça, m'expliqua-t-elle, le boulot, c'est le boulot. Méfie-toi de Anne-Marie, la sage-femme, c'est une peste, son plaisir : emmerder les nouvelles arrivées ! Tu vois l'ambiance ! »
— Bon, Hortense, assez d'émotions, ça me suffit pour aujourd'hui. Je vais bosser un peu. Dors bien !
Elle m'embrassa et disparut dans sa chambre.

Je reçus un message de Gerhard. Je fus étonnée, c'était la première fois que cela arrivait. Il m'écrivait : « Bonne nuit, douce Hortense. » Je restai paralysée. Que lui répondre ? Je ne pouvais l'encourager ni lui laisser un espoir… Et si je ne lui mettais rien, il penserait que je faisais la tête… Que faire ? Je tapai sur mon portable : « Bonne nuit aussi ». Un peu sec, mais ça paraissait plus prudent.

Je m'endormis toutefois en songeant à mon voisin. À son regard velouté, gris, non, noir, non, gris, non… Gris ou noir ?

Manon

On se retrouva en bas de l'immeuble. Julia m'accompagnait. Mon amie Iris et sa mère Astrid nous avaient rejointes. Nous montâmes ensemble chez Hortense pour une réunion au sommet.
Depuis la naissance de Nino, ma petite sœur n'avait pas arrêté d'enquêter. Je souris, mais en vérité, c'était une détective redoutable. À la rentrée de janvier, Morgane avait repris le collège, alors Julia, avec intelligence et ruse, avait posé les questions qui permirent de faire avancer ses recherches.
Nous nous installâmes au salon, Hortense servit le thé et un délicieux gâteau au citron. À un moment, Astrid observa l'adolescente et me dit :
— Manon, je ne connaissais pas ta sœur, mais quelle beauté ! N'est-ce pas, Hortense ?
Ma benjamine rougit, c'est pourtant vrai, elle était jolie avec ses grands yeux verts ourlés de longs cils noirs. Elle possédait une masse de cheveux auburn bouclés et un teint de porcelaine.
Nous discutâmes pendant plus d'une heure. Julia, après avoir inlassablement interrogé Morgane sur ses soirées, sur

les gens qui venaient chez elle, les relations de ses parents, copains, voisins, démarcheurs et autres, avait pu établir une liste de huit noms. En prenant les hommes un par un, nous tentions de savoir si l'un d'eux serait le potentiel violeur de la jeune fille. Ma sœur, sérieusement et consciencieusement, répétait fidèlement les caractéristiques données par son amie. Nous retînmes Fabien, un pote de son père, qui débarquait souvent le samedi en fin d'après-midi, Bertrand le mari d'une collègue de Sabine, jugé louche par Morgane. Le demi-frère de sa mère, enfin, le garçon qui vivait avec elle en famille d'accueil, Sylvain, un mec un peu paumé selon la gamine. Puis un dernier, Mirko, carreleur venu restaurer la salle de bain. Comme le répétait Hortense, cela faisait beaucoup de candidats papas... mais peut-être que l'un de ces types était le saligaud qui avait violé une adolescente.

Pendant ces échanges, je guettais Astrid. Mon amie m'avait confié qu'elle avait subi des violences étant enfant. J'observais que mère et fille se touchaient la main fréquemment.

Astrid suggéra de récolter de l'ADN de chacun de ces hommes et de l'amener à la police pour une analyse.

— C'est bien joli, maman, mais comment faire ? ajouta Iris. On ne va pas entrer chez les gens et voler leur brosse à dents, comme dans les films.

— Et si je demandais à Morgane de récupérer le verre ou un autre objet que chacun a touché lors d'une visite à ses parents ? rétorqua Julia.

— Ce serait faisable... À condition que la police valide notre requête, renchérit Hortense. Mais je peux m'en charger. L'été dernier, je suis allée au commissariat après une menace de madame Gentil, j'ai d'ailleurs sympathisé avec le chef et un lieutenant. Ceci dit, je ne pense pas qu'ils acceptent !

Puis la conversation dévia, nous parlâmes de Nino, à bientôt cinq mois il devenait un malicieux bambin. Sa jeune maman ne s'occupait toujours pas de lui, mais elle restait plus longtemps à l'observer et Julia fut témoin d'un échange de petits mots entre les deux. Il y eut un : « Ça va bébé ? » Et la réponse fut : « Areuh, areuh ! »
Julia raconta que son amie fut très courageuse à la reprise de janvier. À son arrivée, tout le monde l'épiait, ça chuchotait sur son passage, elle perçut des ricanements et même des injures. Elle resta fière, droite, le visage sérieux, sa main dans celle de Julia. Les professeurs furent super sympas.

Nous terminâmes notre thé lorsque la sonnette de l'entrée résonna dans l'appartement. Lestement, Hortense alla ouvrir. Une voix d'homme s'excusant nous parvint aux oreilles. Astrid sourit et chuchota :
— C'est son amoureux, le voisin !
Nous nous levâmes pour ne pas déranger, mais déjà elle était de retour et nous ordonna gentiment de rester assises.
Nous poursuivîmes nos échanges, puis parlâmes de tout et de rien, de Noël passé, des futures vacances et de nos cours respectifs. Il était tard lorsque Julia et moi quittâmes la ville avec l'espoir de découvrir enfin quel était le mec abject qui avait abusé de notre petite Morgane.

Sylvain

Toujours le même cauchemar. J'avais beau passer des heures à observer le plafond, cette épée me menaçait… parfois, il s'agissait d'une hache. Énorme ! Je devais me tirer d'ici. Forcément, ça allait mal finir. Quand j'étais allé chez Sabine, avant les fêtes, elle m'avait couvert de reproches :
— Tu ne viens plus, on te voit de moins en moins. Tu as une bonne amie ? Tu devrais nous la présenter ! Admire le petit Nino, il est craquant, et tu sais, maintenant il fait ses nuits !

Un vrai moulin à paroles, Sabine ! Comme elle m'avait gavé ! Je n'en avais rien à faire du môme… Non, je devais me barrer de cet endroit. Que je disparaisse pour de bon. Le patron allait être furieux, surtout en ce moment, on avait du boulot, en veux-tu en voilà ! Après l'épisode de verglas, on était débordé en carrosserie et en peinture. Tant pis. Je passerai une dernière fois chez Sabine et je foncerai droit devant. S'il le faut, je dormirai dans ma bagnole.

Je sortis une valise et entassai ma maigre vie, quelques CD, une affreuse boule à neige de Venise, vestige de mon

enfance, un chapelet rouge cadeau de Monique, ma mère d'accueil, quelle bigote ! Je n'oubliai pas ses précieux rollers, les jeans de couleur et mes pulls mohair. Je laissai un chèque pour le propriétaire ainsi qu'un mot dans lequel j'expliquai mon départ précipité pour urgence domestique. Le comble pour quelqu'un qui n'avait pas de famille.
J'arrivai chez Sabine nerveux et agité.
— Calme-toi, qu'est-ce que tu as ?
— Rien, c'est le boulot qui me stresse. Tu ne peux pas imaginer le nombre de voitures accidentées depuis huit jours ! Elle n'est pas là, Morgane ?
— Si, dans sa chambre.
Elle cria :
— Morgane ! Sylvain nous fait une petite visite.

Morgane arriva lentement, embrassa celui qu'elle appelait son oncle.
— Tu bois un coca, Tonton ?
— Non, je n'ai pas le temps !
— Allez, siii, avec moi, s'il te plaît !
L'adolescente ouvrit deux canettes, elle en donna une à l'homme. Elle s'éloigna nonchalamment et laissa l'autre sur le bord du bar. Elle n'avait pas soif. Sylvain descendit la sienne à toute vitesse et la posa sur la table du salon. Il se leva et les abandonna précipitamment.
— Ben dis donc, quel excité ton oncle !
— T' inquiète, il est énervé à cause du boulot !
Et elle emballa délicatement la canette dans un sac plastique, comme elle l'avait vu faire à la télé.
— Maman, je retourne bosser, j'ai des cours à rattraper et je crois que bébé pleure !

Sylvain roula, les essuie-glaces peinaient à chasser la pluie torrentielle qui s'abattait sur sa voiture. Le nez contre le pare-brise, il jura.

— Putain de flotte, je ne vois que dalle. Ah, voilà l'embranchement, je vais filer sur les Vosges. Personne ne viendra me chercher là, je dénicherai du boulot à Gérardmer ou dans les environs. Il y a des bagnoles partout.

Il se sentait mieux. Plus sa voiture avalait les kilomètres, plus sa poitrine se desserrait de l'oppression qui l'empêchait de respirer depuis des mois. Il se rassura.

— Ça va aller à présent, oui, ça va aller !

Hortense

À cinq ans, j'étais tombée gravement malade. Un matin, je n'avais pas pu me mettre debout. Les douleurs dans les jambes étaient tellement violentes que je m'écroulai dans mon lit. Ma mère paniqua, elle sortit en hurlant de la maison pour avertir mon père au garage. Le médecin accourut sur le champ et rassura mes parents. Non, ce n'était pas la poliomyélite. En revanche, il ignorait ce que j'avais. Je brûlais de fièvre. C'est un praticien du village voisin qui émit un premier diagnostic : maladie de Bouillaud, une crise de rhumatismes articulaires aigus, une pathologie assez grave. Ma mère ne comprenait pas la raison de cette maladie. Lorsque le médecin lui annonça que c'était la complication d'une angine mal soignée, elle culpabilisa en répétant à qui voulait l'entendre qu'elle était trop âgée pour élever un jeune enfant. Je restai couchée dans le grand lit de mes parents des mois entiers. Tous les matins, Ariane m'aidait à descendre de notre chambre et elle m'installait comme une reine au milieu des draps qui sentaient bon papa et maman. J'adorais ça. Elle me rapportait de la maison de la presse où elle bossait, des bandes dessinées, des poupées cartonnées que j'habillais avec des robes découpées dans de vieux catalogues. Quand les religieuses venaient pour les piqûres, je hurlais. L'une d'elles était beaucoup plus douce que les autres, elle m'offrait du chocolat ou des bonbons. Lorsque Georges passait, il me surnommait « Bouboule », car la cortisone me faisait grossir, j'avais attrapé des joues rondes. J'avais beaucoup souffert avec cette maladie, ces traitements me faisaient horriblement mal. Je me souviens avoir fait une récidive vers mes dix ans. Quelle joie de retrouver les bonnes sœurs et leurs injections de pénicilline ! Je ressentais parfois des douleurs depuis quelques années. Mon médecin actuel me rabâchait que c'était normal à mon âge d'avoir des rhumatismes !

Je racontai cette période de ma vie à Gerhard qui lui, fit une méningite bactérienne à douze ans. Nous étions attablés dans sa salle à manger, nous avions cuisiné tous les deux. Il voulait que je lui donne des cours, j'avais dit d'accord, mais ensemble. Aujourd'hui, au menu, gratin dauphinois, rôti de dindonneau et tarte aux pommes. Restons simples. Il sortit son toujours fameux vin de Moselle et le repas s'avéra excellent. Au moment du café, je m'installai sur le canapé, il s'assit à mes côtés. Je sentais son regard brûlant sur moi, je tournai la tête pour lui dire non, mais je n'en eus pas le temps. Il se pencha et m'embrassa. Je fus bloquée, car je tenais la tasse pleine de liquide chaud. Il s'éloigna, sourit et annonça, désinvolte :
— Je n'ai pas pu résister !
— Il le faudrait pourtant… Tu sais, ça ne mènera à rien… Je…
— Hortense, tu me plais terriblement.
— Tu me plais aussi, je ne veux pas me mentir. Mais…
— Pourquoi ajoutes-tu un mais ?
— À mon âge, je ne…

— Mais de quel âge parles-tu, Hortense ? Je t'en prie...
— J'ai un problème avec ça, avec mon corps vieillissant et...
— Stop ! Arrête. Tu es belle. Tu es seule, je suis seul !
— C'est plus compliqué que cela, toi tu es jeune !
Il rit.
— N'avez-vous pas en France un président qui a pour épouse une femme de vingt-cinq ans de plus que lui ? Tu vas chipoter pour quatorze ridicules petites années ? Regarde-toi, regarde-moi, je suis un vieillard ! Cet argument ne tient pas, madame.
Et il me prit dans ses bras. Je me laissai faire, je répondis à ses baisers. Mais lorsque je sentis sa main dériver sous mon pull, je m'écartai brutalement et balbutiai :
— Pardon, excuse-moi !
— C'est moi qui te demande pardon, Hortense. Je suis impatient.
Je me tus et commençai à débarrasser la table.
— Arrête, ne boude pas !
— Je ne boude pas ! souriais-je. Ce n'est plus de mon âge !
— Tu parles beaucoup de ton âge, c'est étrange...
— Pas de psychologie, je t'en prie ! J'assume mes soixante-dix balais.
— Tu peux. Tu es très agréable à regarder, Hortense.
— Arrête les compliments, ça fait beaucoup pour une seule journée !
— On fait un scrabble ? La revanche ?

Chapitre 7

Février
Morgane

Hier, j'ai eu quatorze ans.

Quatorze ans et j'ai déjà voulu mourir deux fois. Cette nuit, je me suis levée, et, sans bruit, je suis allée voir le bébé. Il ronflait paisiblement. J'ai murmuré : « Si seulement tu étais mort, je me sentirais mieux… enfin, je crois ». Il a bougé à ce moment-là, j'ai sursauté et ai reculé d'un bond, me cognant dans la commode, comme prise en faute ! Je dormais mal, j'étais torturée. Un bébé était sorti de moi et je ne savais pas comment il était entré… Julia menait l'enquête. J'espère qu'elle découvrira le coupable.

Il y a un mois, en pénétrant dans la cour du collège, j'ai été au supplice, à deux doigts de faire demi-tour et de retourner à la maison. Mais j'avais la main de mon amie dans la mienne. Elle me serrait fort pour que je n'oublie pas sa présence réconfortante. Le plus insupportable, c'était le regard dédaigneux de l'équipe de Maëva et Louane, ce sont des pestes. Elles s'étaient approchées de moi, maquillées comme des voitures volées et d'une voix mielleuse avaient distillé un : « Alors bébé, paraît que tu as couché et remporté le jack-pot ! » Je n'ai pas répondu, mais Julia a distribué des baffes. Heureusement, le surveillant n'a rien remarqué. Ou pas voulu voir. Sinon, les autres ont été cool. J'étais bonne élève, j'avais déjà rattrapé mon retard. De toute façon, Juju m'apportait les devoirs et les cours à la maison.

Maman était devenue folle. Gâteuse. Je ne la comprenais pas, c'était comme si je lui avais fait le plus merveilleux des cadeaux. Elle amenait Nino à la crèche le matin, et se précipitait pour le récupérer à seize heures. Elle ne parlait plus d'heures supplémentaires et pendant le temps de pause, à midi, faisait les boutiques pour acheter des vêtements à « Monsieur bébé ». Même papa lui en avait fait la remarque. Du coup, hier, elle m'a offert un jean et deux pulls. Par moment, elle pensait vraiment que ce petit était à elle, qu'il était sorti de son ventre. L'autre jour, on s'est engueulées, je lui ai hurlé :

— C'est moi qui ai accouché, pas toi !

— Alors, si tu es sa mère, assume tes responsabilités !

Je me suis enfermée dans ma chambre après avoir claqué la porte. J'ai réveillé son trésor, elle a gueulé encore plus.

Je ne savais plus où était ma place. Je n'étais pas une mère, je n'avais jamais demandé à l'être. Je ne voulais pas de ce chiard. Étant gamine, je ne jouais jamais à la poupée ! Si on trouvait qui m'avait violée, qu'est-ce que ça changerait ? Pour moi, qu'est-ce que ça changera ? J'aurai encore plus de désillusion parce que j'apprendrai que quelqu'un que j'aimais bien m'a forcée... Un collègue ou un ami de mes parents, un voisin ? Qui ? Comment était-ce possible ça ? Je percevais bien le doute dans certains regards... Genre : « Elle a couché, mais ne veut pas le reconnaître ! La salope totale ! ». Non, je n'avais pas couché ! Quelqu'un avait abusé de moi et droguée sans

aucun doute. Mais où, quand, comment ? Ça me rendait folle. Ma vie était fichue... Je me repassais sans cesse les films des mois de mars ou avril derniers, les soirées, les copains, les amis de mes parents, les hommes qui étaient venus à la maison. Rien, je ne voyais rien ! Je les soupçonnais tous. Quand Fabien, un pote à mon père, était passé samedi, c'était tout juste si je l'avais salué. Je l'observais en douce. Mais je ne m'étais jamais retrouvée seule avec lui. Tout cela me désespérait, je me sentais si fatiguée.
Je rêvais de devenir scientifique. À présent, je ne savais plus. Papa m'encourageait. Il faisait sans arrêt le tampon, le négociateur entre ma mère et moi. Mais je voyais bien qu'il adorait Nino. J'avais appris qu'il reprochait à maman de n'avoir pas voulu de deuxième enfant. Voilà que je lui servais un petit mec sur un plateau...
Putain de vie !

Gerhard

Comment aider cette femme à lâcher prise, lui faire admettre que l'âge n'était rien ?
Nous avions droit à cette bulle, cette parenthèse de bonheur et d'amour. Elle était têtue comme une mule. Chaque pas en avant était suivi de pas en arrière. J'avais touché sa peau l'autre jour. Douce, soyeuse. Ce fut si furtif. J'avais envie de lui prodiguer des caresses qu'elle refusait. Du coup, je souffrais. Et je trouvais stupide d'attendre à nos âges. Attendre quoi ?
Mais je ne m'avouais pas vaincu, ça non ! Je t'aime, Hortense et il me semblait que toi aussi tu m'aimes…
Je ne parvenais pas à me concentrer sur les copies des troisièmes B. Mon esprit se baladait. Oh, cette faute, Victor ! Tu ne devrais plus la faire ! Prétérit : sie wussten.

Je poussai les feuilles des élèves et m'allongeai sur le fauteuil. Je devais lui parler. Oui, demain, je lui dirais que je l'aimais, c'était toujours mieux que « tu me plais ! » Je devais aussi lui demander si elle accepterait d'être accompagnatrice de la sortie en Allemagne prévue en mai. Pour lui rappeler son propre voyage, il y a longtemps.

Je songeai à Magda. Je souvins de cet émigré russe, Youri, qui passait parfois les dimanches après-midi. Pas très grand, mais mince, le visage doux paré d'une barbe fine, il avait un délicieux accent et était tout à fait charmant avec le gamin que j'étais. Il apportait tantôt des fleurs, tantôt des chocolats, ou même une bouteille de vin de temps à autre. Ce petit manège dura plusieurs mois, puis un jour, il disparut de notre vie. Au début, je n'osais pas demander pourquoi Youri ne passait plus le dimanche, puis un soir, quelques semaines plus tard, je lui posai la question, elle me rabroua d'un ton vif : « Il n'avait pas de place ici. Un point c'est tout ! » Elle ne voulait pas partager ses sentiments. Je savais à présent qu'un fils ne devait pas être le « tout » de sa mère.
Comme disait ma psy : « L'amour fort n'est pas toxique, ce qui est toxique, c'est qu'il n'y ait d'espace pour personne d'autre ». Magda n'avait pas laissé de place à son émigré russe.
Longtemps le roman de Romain Gary « La promesse de l'aube » fut mon livre de chevet. J'étais fasciné par la relation extraordinaire entre cette mère juive et ce presque jeune homme parfois gêné par ses réactions. Magda était certes différente, mais certains emportements pouvaient avoir une similitude embarrassante.

J'étais perturbé, mon esprit revenait sans cesse vers Hortense. Assurément, j'étais amoureux, elle aussi, peut-être, mais je savais par avance qu'elle s'empêchait de vivre cet amour.
Je me levai brusquement, traversai le salon pour m'emparer du téléphone. J'envoyai un message à Hortense : « Tu me manques ! »

Hortense

— Je vous assure mes cocottes, tous les jeudis après-midi, ou presque, j'allais au patronage !
— Et qu'appelles-tu le patronage, Tantine ?
— Je partais, seule ou avec une copine, traversais le bourg pour rejoindre la maison des sœurs. Les religieuses habitaient à l'étage. Au rez-de-chaussée, se situait le dispensaire, celui-là même où je venais me faire piquer les fesses, et à côté se trouvaient des salles destinées à la catéchèse et aux réunions de la paroisse. Une de ces pièces nous était attribuée. Nous pouvions tricoter, apprendre à broder, lire, faire des jeux de société entre amies et toujours sous la houlette de sœur Luce ou sœur Agnès.
— Waouh, j'en suis toute excitée !
— Tais-toi Iris ! dis-je en riant, ne te moque pas et laisse-moi te raconter la suite…
— Si je comprends bien, tu dois tes talents de couture et de broderie à ces animatrices du jeudi ?
— Exactement, Astrid ! J'aimais ces activités, elles me changeaient les idées. Et surtout, à seize heures trente, c'était l'évènement : quand elles allumaient le téléviseur !

Figurez-vous que mes parents n'avaient pas encore de poste à la maison. Ils l'ont eu très tard, j'avais plus de quatorze ans. Mes amies et moi trépignions d'impatience. On disposait des chaises en quinconce, on s'installait en silence. Sœur Luce d'un geste appliqué retirait solennellement la housse juponnée qui recouvrait l'appareil...
— Une housse ? m'interrompit Iris.
— Oui, un tissu jaune froncé, du reps je crois, adapté à la forme de la télé, qu'elles avaient cousu elles-mêmes ! Je la revois comme s'il elle était là...
— Je meurs de rire, s'esclaffa la jeune fille.
— Laisse-moi continuer ! Alors, elle pliait consciencieusement et posait de côté la fameuse protection, elle allumait le poste qui mettait un certain temps pour chauffer. Ça faisait des petits points blancs sur le fond noir, pour nous c'était déjà un spectacle ! Puis on entendait de discrets froufroutements derrière nous. À la queue leu leu, venaient s'installer sœur Agnès, puis sœur Marie-Georges et toujours la dernière, sœur Chantal ! Tout ce monde, les yeux brillants, attendait avec impatience le feuilleton Thierry la fronde.
Elles éclatèrent de rire.
— Ensuite, après le générique de fin que l'on regardait jusqu'au bout, sœur Luce éteignait le poste, remettait la housse juponnée, nous partions alors silencieusement deux par deux et regagnions nos maisons. Arrivées dans la rue, on jacassait comme des pies, on partageait nos impressions sur l'épisode de la série. Nous étions toutes amoureuses du comédien.

Ma nièce et sa fille ne disaient plus rien. Elles souriaient à mes souvenirs qui leur paraissaient d'un temps si lointain, si désuet...

Nous bûmes le thé en dévorant les gâteaux que j'avais cuisinés le matin. Je me retenais, car j'avais très envie d'aller en donner à Gerhard. Hier soir, il m'avait envoyé un message : « Tu me manques », je n'avais pas répondu de suite, puis trente minutes plus tard, je lui avais écrit : « Bonne nuit ». Je restais partagée. Une partie de moi souhaitait vivre cette histoire, mais l'autre était terrifiée.
Je lui avais annoncé que je ne l'accompagnerais pas en Allemagne. Je ne me sentais pas capable d'encadrer des jeunes, car il s'agissait bien de cela. Je vis qu'il était déçu, mais il avait bien compris. Enfin, j'espérais.
Astrid était rentrée chez elle et Iris s'était enfermée dans sa chambre pour travailler. J'attrapai une assiette et disposai une demi-douzaine de sablés. Je traversai le palier et frappai discrètement à la porte. Il ouvrit, un grand sourire barrait son visage. Il m'embrassa tendrement, j'esquivai en douceur et revins à mon appartement. Mon cœur battait à tout rompre.

Pascale

Je soulevai la pierre grise à gauche de l'escalier, un insecte s'enfuit, affolé. Je glissai la clé dans l'interstice comme on me l'avait conseillé, puis replaçai le caillou. C'était ma première journée chez les parents de Morgane. Entre le bébé, son adolescente et son travail, Sabine n'avait plus une minute à elle. Le bouche-à-oreille avait parfaitement fonctionné et je disposais encore de quelques heures libres. C'est donc avec plaisir que j'avais accepté, même si je n'appréciais pas d'entrer dans les propriétés en l'absence de leurs occupants.
— C'est une question de confiance, Pascale ! m'a dit Sabine. Vous avez une excellente réputation.
La maison était jolie, c'était un pavillon dans un genre de lotissement à la sortie de Danjoutin. Elle comptait trois chambres, un grand séjour-salon avec une cuisine ouverte sur l'espace. Ça ne ressemblait pas à mon propre appartement. Et pourtant, nous avions acheté une villa aussi belle, Serge et moi. Elle se situait à l'entrée de Belfort, dans le quartier de la Pépinière. Elle jouxtait le théâtre de marionnettes et les filles avaient largement profité de ce voisinage. Je les emmenais aux représentations dès qu'un

nouveau programme était édité. Mais, suite à notre séparation, il fallut la vendre. Chaque fois que je passais devant j'avais un coup au cœur. Ça me faisait toujours très mal.

En trois heures, j'avais terminé le repassage, achevé le ménage et préparé le souper de la famille.

Sur le bureau de Morgane, un cahier était ouvert, je n'y avais pas touché, mais j'eus le temps de voir une tête de mort esquissée et un « Fuck la vie » qui m'avait glacé le dos. Des dessins noirs, sordides et lugubres étaient gribouillés autour de la phrase. Cette gamine n'allait pas bien, mais qui serait bien après un tel traumatisme ?

Julia se rongeait les sangs pour son amie, mais je ne voulais pas qu'elle s'en rende malade. Ma petite fille avait des soucis de grands, ça n'était pas juste. Nous en parlions souvent et à chaque visite de Manon, j'en profitais pour mettre le sujet sur le tapis. Ma benjamine écoutait volontiers sa sœur ainée !

J'avais appris que le bébé de mon ex-mari était né trois jours auparavant. Manon me l'avait caché, se doutant que je souffrirais de la nouvelle. Oui, j'en crevais. Mes nuits en étaient encore plus perturbées. Je me relevais toujours vers trois heures, je descendais griller une cigarette dans le jardin collectif, ça me détendait. Je me faisais réprimander par les filles. J'avais arrêté de fumer lorsque j'avais quitté « Tounet »… C'était nul d'avoir recommencé… Mon esprit gambergeait, je pensais à Serge, à son bébé, à son rôle de père qu'il tenait si mal avec ses propres gamines. Sa nouvelle épouse… Je ne l'avais jamais vue, mais je la supposais, ravissante et jeune, évidemment ! Le divorce avait été douloureux, je l'aimais tellement ! Comment imaginer qu'il vivait une histoire d'amour avec une autre femme depuis trois ans !

Avec les filles, nous nous étions écroulées, puis accrochées, épaulées, toutes les trois, solidement arrimées pour ne pas sombrer. On avait mêlé nos larmes, chagrins et sanglots, peines et peurs de l'avenir. Souvent, le soir, on s'endormait dans le même lit, fatiguées d'avoir trop pleuré. Puis le temps avait passé. Manon était si énergique, si studieuse. Djibril et elle formaient un couple exceptionnel.

J'approchai de l'immeuble, Julia était rentrée, son vélo était appuyé contre les garages, elle avait encore oublié de fermer l'antivol. Elle était étourdie, particulièrement depuis le drame. Je verrouillai le deux roues et montai les étages pour retrouver ma benjamine. Je décidai que ce soir, nous allions regarder une comédie en mangeant de la pizza, je pensai que ça lui plairait à ma Julia !

Chapitre 8

Mars
Gerhard

Hortense se faisait discrète ces temps-ci. J'étais allé frapper à sa porte la veille au soir, mais elle devait être absente. Elle me manquait. J'avais allumé la télé par ennui. Il y avait une émission sur la chute du mur de Berlin. Ça m'avait ramené des années en arrière et avait fait émerger moult souvenirs…

En 1989, j'avais vingt-six ans. Je venais de terminer mes études. À l'automne suivant, en novembre on m'attribua un poste de professeur de français remplaçant au lycée d'Heidelberg. Je vivais encore chez Magda.

Le jeudi soir du neuf novembre, lorsqu'à la télévision, les journalistes annoncèrent que le mur tombait, que la réunification de l'Allemagne était enfin possible, Magda et moi avions hurlé de joie. Le dix au matin, elle vint me réveiller, il devait être quatre ou cinq heures, elle me secoua et cria :
— Habille-toi, emmène-moi à Berlin, je veux un morceau du mur !

Éberlué, je la regardais, elle jetait pêle-mêle mes vêtements sur le lit.
— Magne-toi, il y a plein de monde, c'est la fête, dépêche-toi !
— Mais, maman, on en a pour au moins sept heures pour nous y rendre !
— Justement, fait vite, je prépare une thermos de café et des bricoles à manger !

Nous avions pris la route au petit matin, Magda était excitée, je l'avais rarement vue ainsi. De mon côté, j'étais assommé, sans doute en raison de ce réveil brutal. Nous étions arrivés à Berlin vers treize heures, il y avait des gens partout. Ça hurlait, ça chantait, la bière coulait à flots, des stands de saucisses fleurissaient à chaque coin de rue. Je décidai de laisser la voiture dans une petite rue et nous continuâmes à pied, emportés par la foule, comme dit la chanson. La porte de Brandebourg était noire de monde et nous ne pouvions plus avancer. Ma mère tirait mon bras, elle voulait absolument un morceau du mur. À un moment, je paniquai, elle n'était plus à côté de moi. Et j'avais beau m'égosiller, c'était peine perdue. Entre les musiciens, les cris, les chants, impossible de se faire entendre. Elle m'avait pourtant retrouvé, une heure et vingt minutes plus tard. Je m'étais éloigné du brouhaha pour me poser sur un coin de trottoir. Des filles riaient et m'embrassaient à pleine bouche, des gars m'étreignaient ou me tapaient dans le dos, certains m'offraient de fumer un pétard. Le temps passait et elle ne revenait toujours pas. J'angoissais terriblement, et dans cette foule bigarrée, je tentai de retrouver la petite silhouette de Magda. Le brouhaha se poursuivait, c'était une joyeuse débandade.

Puis je l'ai vue arriver, un sourire aux lèvres, elle tenait précieusement son butin contre elle, le protégeant de ses bras, un morceau de pierre et de ciment dont la bordure était peinte en rouge. Elle s'assit près de moi, et en douce, me montra son trophée. Nous passâmes la journée au cœur de la liesse, à boire des bières en mangeant des saucisses grillées. Vers vingt heures, je décidai de rentrer à la maison. Je disposais d'un week-end pour me reposer, la reprise des cours n'ayant lieu que le lundi. Ma mère restait excitée et volubile dans la voiture, elle était rayonnante et si belle :
— T'en rends-tu compte ? Nous avons vécu un évènement historique, avoue que c'eût été dommage de ne pas venir !
Je souriais, heureux aussi d'avoir pu lui procurer cette joie.
Je jetai un coup d'œil sur l'étagère, le morceau de ciment était toujours là, témoin silencieux d'une folle et insensée journée. Oui, c'était un moment mémorable et sans ma mère, je serais complètement passé à côté.

Hortense ne m'accompagnera pas en Allemagne, elle avait décliné mon invitation. Rétrospectivement, je me trouvai sot de le lui avoir proposé. Elle n'aurait pas été à l'aise au milieu de mes collègues. J'eus envie de la prendre dans mes bras, je désirais la voir tous les jours. J'étais amoureux et triste…
J'avais de la patience et si je devais me faire discret pour la conquérir et bien, je le serais. Mais cela me coûtait… Je rêvais d'aller faire le tour de l'étang des Forges avec elle, main dans la main. Comme c'était puéril ! Et pourtant…

Hortense

Par la fenêtre les arbres fleuris étaient à présent recouverts d'une fine couche de neige. Après quelques jours de douceur quasi estivale, voici l'hiver qui s'en revenait. Iris m'écoutait, la tête appuyée sur les mains, très concentrée... Elle avait prévu de sortir retrouver quelques amies, mais le froid et l'humidité lui avaient fait rebrousser chemin. Elle avait préparé deux tasses de thé et attendait mon récit avec impatience.

— Comment se sont passées les semaines suivantes à la clinique ?

— J'avais pris mes marques, et, mis à part mes nuits mouvementées, le rythme me convenait. Cela faisait un mois que j'y travaillais.

Un matin, une fille de service vint nous voir, Noëllie et moi :

« Madame vous demande en bas, c'est la paye ! »

Nous descendîmes, ascenseur, corridor, porte du bureau. Je toquai et entrai. Madame fit comprendre à ma collègue que c'était chacune son tour. Elle resta dans le couloir.

« Assieds-toi ma petite. Ça va ? Tout se passe bien au travail ? Je voulais te dire que tu devrais raccourcir tes

cheveux, les cheveux longs, dans nos professions, ce n'est pas hygiénique, il me semble te l'avoir déjà dit ! Voilà ton enveloppe avec ton mois et ta fiche de salaire. J'ai ôté les trois repas que tu as pris ici. »
Je restai sans voix, je n'avais pas l'intention de changer de coiffure quelle idée !
« Et où mangez-vous à présent ?
— Oh, heu, on fait des sandwichs et sinon on a de la famille pas loin. »
— Dis donc, Tantine, c'était un mensonge ! À part Lucien, tu n'avais personne sur place ? répliqua Iris.
— C'est juste, mais on se débrouillait Noëllie et moi. On achetait des bricoles et on cassait la croûte dans la chambre !

Je poursuivis ma narration :
— Je sortis du secrétariat, Noëllie entra à son tour. J'allais remonter quand je croisai Nicole dans l'escalier. C'était une fille de service qui couchait dans le dortoir adjacent au nôtre.
« Hortense, as-tu compté ce qu'il y a dans l'enveloppe ?
— Ben... Non !
— Il faut toujours les contrôler dans le bureau de Madame, elle ne met jamais la somme exacte, je parie qu'il te manquera de l'argent !
— Oh, tout de même, tu es sûre ? J'étais si naïve.
— Va vérifier, tu me diras ! »
Le cœur battant, je filai m'asseoir sur mon lit, je sortis toute les pièces et les billets, je comptai. Sur le papier était noté : salaire 897 francs, moins trois repas à 21 francs. Total : 873 francs. Je comptai, je recomptai. Je n'avais que 869 francs ! Noëllie débarqua à son tour, elle m'imita et étala son pécule sur la couverture. Sur le même salaire, il lui manquait six francs. Nous décidâmes de retourner voir

Madame. Derrière la porte du bureau, on hésita puis Noëllie frappa. La directrice ouvrit et nous demanda ce qu'on voulait. En bafouillant, j'expliquai notre cas, elle répliqua : « Qui me dit que ce n'est pas vous qui avez ôté de l'argent des enveloppes ! Retournez travailler ! »

— Mais non ! s'écria Iris. Ce n'est pas possible, je rêve !
— Oh, tu ne rêves pas, elle pratiquait cette technique depuis toujours, d'après les filles. Une façon comme une autre de récupérer des pépettes. Elle était connue pour sa vénération du fric !
— Et vous receviez votre salaire en espèce ? N'importe quoi !
— Et crois-moi, les mois suivants, je prenais le temps de recompter sous son regard excédé !
— Quelle époque !
— Une fois, je devais terminer mon service à vingt heures, Madame vint me voir dans l'unité et m'annonça que je devais faire la permanence au standard téléphonique, de vingt heures à vingt et une heures. J'étais énervée, je n'avais pas trop envie de faire ça, et d'ailleurs, je n'étais pas téléphoniste.
À l'heure dite, j'arrivai au bureau du standard, une grosse caisse en bois installée dans un coin du hall d'entrée. Des boutons, des fiches noires et des câbles de couleurs. Aïe, comment allais-je me dépatouiller dans ce méli-mélo de fils ? C'était la catastrophe ! Et personne pour m'initier. Les appels extérieurs vers les chambres des mamans, je gérais à peu près. En revanche, je coupai deux fois la conversation de Monsieur avec son correspondant, il m'engueula vertement. Je transpirais, je paniquais, me faisais traiter de gourde, puis de bécasse ! À neuf heures, je débranchai tout comme on me l'avait demandé. Ouf ! débarrassée de la corvée !

Je retournai plusieurs soirs au standard lorsque la fille était malade ou absente. Noëllie et Dany aussi s'y retrouvaient de temps à autre... Comme si c'était à nous de faire ce job ! Évidemment, ces heures supplémentaires n'apparaissaient jamais sur notre salaire.
— Mais c'était abusé, vraiment ! Tu n'étais pas syndiquée ?
— Oh non, je n'y songeais même pas. Lorsque j'avais mon dimanche de congé, je courais rejoindre Lucien à l'entrée de l'hôpital, sinon lui venait m'attendre avec sa 4L Renault. On montait à la citadelle, ou vers Pontarlier pour pique-niquer. Je lui racontais mes mésaventures. Plusieurs fois il voulut intervenir, mais je l'en ai toujours empêché ! Il devait soutenir sa thèse de doctorat à la fin de l'année, il travaillait énormément, je ne souhaitais pas l'ennuyer avec mes petits tracas ! Mais il nous arrivait d'avoir des moments de franche rigolade avec Noëllie et Dany. Un matin, une toute jeune fille commençait au ménage, elle semblait un peu perdue. Je l'observais alors qu'elle se battait avec la lustreuse, ce qu'on appelle une « monobrosse ». C'était un gros engin lourd et bruyant. Madame débarqua derrière la gamine, s'empara de la poignée de la machine, sans doute pour lui donner un cours. Et voilà la directrice qui tournait comme une toupie en tentant vainement de dompter l'appareil. Je me retins de rire, tout en me cachant contre le mur. Dany, qui était à mes côtés me faisait signe qu'elle allait pisser dans sa culotte ! Je vis arriver Maryse en courant, elle débrancha la lustreuse, mais je n'entendis pas la conversation qui suivit. Nous filâmes dans l'ascenseur pour dissimuler notre joie bruyante.
— Il faut des moments comme ceux-là pour décompresser, ajouta Iris.
— Oui, car j'ai eu des peurs après avec Monsieur.
— Quelles sortes de peurs ?

— Il avait un comportement un peu... tactile, si tu devines ce que je veux dire !
— Les mains baladeuses ?
— Oui, je détestais me trouver seule avec lui dans l'ascenseur, il s'approchait et mettait ses doigts sur mon cou, brrr ! Et aussi un truc qu'il faisait régulièrement, dans la pouponnière, il s'asseyait en travers du couloir, et si l'on arrivait, il disait : « Passe par-dessus » Juste pour voir nos cuisses ! Les blouses que l'on portait étaient boutonnées et s'ouvraient au moindre mouvement.
— Un pervers en quelque sorte ! Ce genre d'homme existe depuis longtemps, malheureusement ! Et ça n'a pas beaucoup changé. Enfin si, on a les moyens de se défendre à présent.
— Ensuite, j'ai travaillé de nuit avec Noëllie. Nous étions plus libres, et surtout, nous avons quitté les catacombes pour une chambre dans un appartement. Ce fut une meilleure période. Lucien était heureux, car on parvenait à se retrouver souvent et j'étais de plus en plus amoureuse. Dis donc, tu as vu l'heure, Iris ?
— Hou, déjà ? Le temps passe vite ! Bonsoir Tantine !

Un canard facétieux jouait à cache-cache avec moi. Je l'observais silencieusement alors il plongeait la tête dans l'eau et dès que mon regard déviait, il m'espionnait de son œil radar. Nous poursuivîmes notre jeu quelques instants, puis il décida de suivre la jolie femelle devant lui.
Mon pas s'allongeait agréablement sur le sentier. J'appréciais cette heure matinale où seuls les chants d'oiseaux guidaient la marche. De temps à autre, un merle s'envolait devant moi, perturbé sans doute par le son de mes semelles sur les gravillons. L'air était parfumé, il sentait les premières fleurs printanières et la mousse humide.

Derrière moi, un type arrivait en courant et en soufflant. Premier joggeur du samedi qui allait vite être accompagné d'autres sportifs. Il était grand temps que j'achève mon tour d'étang, car j'allais être dérangée par les athlètes du week-end. Ils étaient reconnaissables à cent mètres. À peine sortis de leur bagnole, ils fignolaient leur équipement en polyester noir et vert fluo, leggings moulants, tee-shirts anti-transpirants, bandeaux sur le front. Ah, j'oubliais ! le précieux téléphone accroché à l'épaule, la montre connectée et les écouteurs dans les oreilles. Certains respiraient tels des soufflets de forge, ceux-là mêmes qui faisaient trembler le sol tant leur foulée était pesante. J'eus une pensée émue pour leurs genoux, comme ils devaient souffrir de toutes ces secousses !

J'atteins tranquillement le parking, alors que débarquaient une dizaine de joggeurs, femmes et hommes. Ils démarrèrent à la queue leu leu, en silence, car ceux-ci étaient légers, aériens. Il était huit heures trente. J'arrivai à temps à l'appartement pour boire le café avec Iris.

Nous venions souvent faire le tour de l'étang des Forges, Lucien et moi. Nous partions d'un pas alerte et observions les oiseaux. Parfois nous n'échangions que quelques mots. À la fin de sa vie, il essaya une ou deux fois de reprendre la marche, mais après cent mètres, il s'appuyait sur sa canne en haletant, il devait s'arrêter et s'asseoir. Je le revoyais sur le banc, les yeux fermés, ses traits tirés et son visage gris et tellement amaigri…

Morgane

Je marchais. Je partais. J'avais chargé mon sac à dos, pris mon téléphone, jeté pêle-mêle quelques barres de céréales et une gourde. Et je marchais. Maman supposait que j'avais rejoint le collège et mon amie Julia. J'étais allée à l'opposé, en passant derrière la maison. J'avais escaladé la barrière des voisins pour atteindre le bas de la forêt et surtout me cacher des automobiles. Il ne manquerait plus que quelqu'un me reconnaisse ! Il faisait doux, j'attaquais la montée du Bosmont. L'air sentait le champignon, j'aimais bien, c'était une odeur rassurante.
Je me doutais que les flics n'accepteraient pas de nous aider. Ils ne voulurent pas faire de recherche d'ADN avec des éléments qu'on leur aurait apportés. Ils avaient été sympas, mais nous avaient gentiment éconduits. Même madame Belvue qui connaissait le capitaine n'a rien pu faire. Mais maintenant, je savais. J'étais certaine d'avoir retrouvé qui avait trahi ma confiance. Oui, je savais.
Les parents ne m'auraient pas crue. Alors j'allais m'abandonner à mes grands-parents paternels à Meroux, ce n'était pas si loin. Bon, ça grimpait. Mon téléphone sonnait, c'était Julia, elle ne comprenait pas pourquoi je n'étais pas

au collège, il y avait de la panique dans sa voix. Mais je ne voulais pas lui répondre. Je marchais, je soufflais et je montais. Mes parents allaient rapidement être prévenus, ils s'inquièteraient, me chercheraient. Et bien, qu'ils cherchent ! J'en avais mis du temps pour réaliser. Au début, je pensais vraiment que c'était Fabien, le collègue de papa. Il m'épiait bizarrement. Un regard veule, vicieux. Pourquoi fallait-il toujours que les mecs soient ainsi ? Il n'était pas net, mais ça ne collait pas, les dates et tout ça... J'avais tellement cogité, ressassé ces derniers mois ! J'avais repris toutes mes activités sur mon agenda, les unes après les autres. Comme une nouille, j'avais stoppé l'écriture de mon journal il y a deux ans !
Je m'arrêtai, je n'étais pas seule dans la forêt, un chevreuil passa non loin de moi, étonné de me trouver sur son chemin. Je lui dis bonjour et souris, il avait l'air aussi surpris que moi.
Mon papy Nino pourrait me conseiller. Ma grand-mère était une sage. J'avais bien pensé aller voir Hortense, la tante d'Iris, je savais que c'était quelqu'un de bien, mais elle ne me connaissait pas.
Le soleil perçait à travers le feuillage. Au sol, des fleurs blanches se dandinaient au gré du vent. Si je me souvenais bien, c'étaient des anémones Sylvie, merci, Mamie ! J'en ferais bien un bouquet, mais d'ici mon arrivée, elles seraient fanées. Je consultai mon téléphone, six appels de Julia, deux émanant de maman et trois de mon père. On dirait bien que ça commençait à s'agiter dans la famille. Je marchais. J'aperçus la sortie du bois.
J'avançai en longeant le bord de la route, par chance, il passait peu de véhicules.
Quand j'eus compris qui m'avait agressée et je ne parlais pas que du physique, j'eus mal dans mon corps, dans mon

cœur, dans ma tête. Tout mon être hurlait de douleur, je croyais que j'allais m'arrêter de respirer. J'ai pensé : « C'est ça mourir de chagrin ? » Qu'est-ce que je souffrais ! Et maintenant, je m'étais forgé une carapace et je devais stopper ce taré, pour qu'il ne fasse pas subir la même chose à une autre innocente. C'était un grand malade ce type. J'imaginais déjà les réactions des gens lorsque je dirais tout !
Mais en attendant, je marchais, je pleurais. J'avais mis la capuche du sweater sur ma tête, je n'aurais pas que quelqu'un me voie et relate ça aux parents. Je devais aller jusqu'au bout de mon projet.
Qu'allais-je devenir ? Un jour ou l'autre, Nino demanderait qui est son père... je lui raconterai que son géniteur est un salopard, un pervers ? Comment pourra-t-il vivre avec ça ? Deux vies sont fichues, la mienne et celle du bébé. Je voudrais mourir... souvent, je me dis que ce serait la meilleure solution. Mais le gamin, que fera-t-il s'il n'a plus de mère, et sans père ? Après tout, il n'y était pour rien... je sanglotais en marchant. À présent, je longeais la chaussée, quelques voitures passaient tout près de moi, un camion klaxonna en me dépassant. J'avais encore quelques kilomètres avant l'arrivée. La pensée de mes grands-parents me réchauffa le cœur et je récupérai de l'énergie.

Hortense

Lucien ne fut pas mon premier amour. L'été précédant la rentrée à l'école d'auxiliaire puéricultrice, je vécus une courte histoire. Passionnée. Un matin, je devais aller à la pharmacie chercher les médicaments de maman. Je décidai de faire le grand tour et passai vers le parking derrière l'église. Un petit bloc de plusieurs appartements était en construction. Au moment où je longeai les abords du chantier, j'entendis quelqu'un chanter à tue-tête : « L'amour est un bouquet de violettes, l'amour est plus doux que ces fleurettes... » Je connaissais cet air, même si ce n'était pas le genre de chanson que j'appréciais, je fus fasciné par la beauté de l'interprétation. Je demeurais là, à écouter quand tout s'arrêta et une voix m'interpella avec un fort accent italien :
— Salut, tu habites dans le coin ?
Le garçon avait environ vingt ans, il était en débardeur et jean taché de peinture, les cheveux bruns ébouriffés et saupoudrés de plâtre. Je lui répondis, nous bavardâmes pendant plus de dix minutes. Il vivait dans un petit studio au bout de la ville et il y resterait jusqu'à la fin des travaux. Il m'invita à lui rendre visite. J'étais totalement sous le

charme, je prenais tout, la peinture, le plâtre, les bras musclés, le torse vigoureux, les yeux rieurs et la voix mélodieuse.
Je me rendis chez lui le soir même. Il sortait de la douche, exhalait le savon à la lavande. Nous nous embrassâmes passionnément, je fis l'amour pour la toute première fois. Il fut assez tendre malgré son désir pressé. Je ne voulais plus bouger de son divan étroit, j'étais si bien !
Ce soir-là, lorsque j'ouvris la porte de la maison, je sentis sur moi le regard sévère de ma sœur Ariane.
— J'ai deux mots à te dire, Hortense !
Elle m'attira dans sa chambre, s'assit sur son lit et d'un ton autoritaire, asséna un sec :
— Je t'écoute !
— Ben, j'ai rencontré un garçon, je suis amoureuse de lui. Voilà !
— Tu es amoureuse... D'accord. Que fait-il, est-il au lycée ?
— Non, il est peintre, enfin, plâtrier-peintre, il bosse dans l'immeuble en construction. Tu sais, rue de l'amiral Faure-Lombardot...
— Je vois. Vous avez déjà fait...
— L'amour ? Oui, une fois !
— Il a mis un préser...
— Vatif, oui, Ariane !
— Hortense, si tu ne me laisses pas terminer mes phrases, ça va m'énerver !
— Pardon.
— Tu as intérêt à faire gaffe et à ne pas tomber enceinte !
— Je pourrais peut-être prendre la pilule ?
— Non ! Je n'ai pas encore confiance, c'est trop nouveau, puis tu es trop jeune !
— Ne dis rien à maman, s'il te plaît...

— Maman est malade, je ne vais pas lui causer du souci pour ça. Je suis responsable de toi petite sœur, fais attention à toi !

Elle était comme ça, Ariane. Elle fut ma mère de substitution pendant mon adolescence. Les douze années de plus que moi lui octroyaient le rôle de deuxième maman. Avec Pietro, on se voyait après son travail. Notre histoire dura deux mois. Un soir de fin août, j'allai le rejoindre, il m'attendait en fumant une cigarette à la fenêtre. Autour de lui fleurait un parfum de lavande. Nous fîmes l'amour, il me regardait en caressant mon visage. Il murmurait des mots en italien, je trouvais cela magnifique. Je me préparai à rentrer, me rhabillai. En l'embrassant, je lui dis :
— En septembre, je pars. Je serai interne dans une école. On se verra moins.
J'eus à peine le temps de terminer ma phrase qu'il me gifla avec une violence inouïe. Je restai bouche bée et abasourdie. Mon oreille sonnait.
— Je ne suis pas du genre qu'on délaisse, figure-toi ! Chez moi, ce sont les mecs qui larguent les filles, pas l'inverse ! Dégage !
Il était rouge de colère. Je me sauvai et traversai le bourg en sanglotant. Ariane m'attendait à la barrière, elle tendit ses bras et je m'y pelotonnai.

Chère Ariane. À cette époque, elle avait presque trente ans. Quelques mois après le décès de notre mère, elle rencontra un homme à la maison de la presse. Jean était commercial, un représentant en revues. Il travaillait pour plusieurs éditeurs. Ils eurent le coup de foudre. Ils se marièrent rapidement, sans faire la fête, après tout, maman était morte peu de temps auparavant. Ils décidèrent de quitter la France et de s'installer à l'île de la Réunion. Avec papa, on avait

beaucoup pleuré à leur départ, j'étais déjà à Besançon, mais je ressentais néanmoins violemment le manque de ma grande sœur. On se téléphonait les week-ends lorsque je rentrais chez mon père. Puis, après ma rencontre avec Lucien, on s'est moins appelé.
Elle ne fut pas présente à nos noces, mais elle nous avait offert le plus merveilleux des cadeaux : deux billets d'avion pour Saint-Denis de la Réunion. Nous avions passé quinze jours de rêve. Jean et elle nous avaient fait visiter leur île et nous avaient initiés à la cuisine créole.
Nous retournâmes là-bas pour nos dix ans de mariage. Ariane avait aujourd'hui quatre-vingt-deux ans, elle était restée dynamique et avait la chance d'être toujours avec Jean. Depuis mon veuvage, je leur téléphonais régulièrement, il faut dire que Skype nous avait simplifié la vie !
Elle n'avait pas eu d'enfant. Je n'avais jamais osé lui demander si c'était par choix. Elle s'était beaucoup impliquée dans des associations de la ville et notamment dans les animations pour gamins.

Un message de Gerhard arriva sur mon téléphone et interrompit ma rêverie : « Puis-je passer deux minutes ? » Je répondis : « Oui, je préparais une tisane ! » J'eus à peine appuyé sur envoi qu'il frappait déjà à la porte. Nous nous embrassâmes comme deux amis, c'est-à-dire que je tournai la tête au moment où il avança ses lèvres en direction des miennes. Il rit et s'assit sur le canapé.
— Quelle belle soirée dansante samedi ! Tu as apprécié ?
— Oui, la musique était bonne et les valses splendides. Je n'ai pas eu mal aux guibolles le dimanche. Tu désires une tisane ou préfères-tu autre chose ?
— Ça me va très bien. Je voulais te parler de l'Allemagne, j'ai été maladroit en te demandant de m'accompagner.

C'était... idiot, les adolescents sont pénibles et tu ne connais pas mes collègues... Je n'ai pensé qu'à moi. Excuse-moi.
— J'ai mes petites habitudes, Gerhard, ça m'aurait été difficile de tenir un rythme de visite pendant quatre jours.
— Alors, si tu veux, cet été, je t'emmènerai à Heidelberg, la ville de mon enfance... Accepterais-tu ?
— C'est une excellente idée !
— Et du coup, la sortie du collège est reportée du six au dix juin.
Un grand silence gêné s'installa. Puis doucement, je parlai.
— Je t'apprécie beaucoup, Gerhard, vraiment.
— Mais ?
— J'ai organisé ma vie après la mort de Lucien... Il était tout pour moi. Nous étions si bien ensemble. J'ai du mal à envisager une autre relation amoureuse... Je suis désolée...
— J'ai beaucoup de patience, je pense que je suis capable de t'attendre encore des mois, et... je ne désespère pas !
— Tu es incroyable !
— Nous nous entendons bien, toi et moi... Et... nos corps sont tellement en harmonie quand on danse !
Je ris sur cette remarque. Mon téléphone vibra. Je lus un message d'Iris : Julia venait de l'informer que Morgane avait fugué ce matin.
— Oh non !
— Que se passe-t-il Hortense ?
— Morgane a fait une fugue, Julia n'est pas parvenue à communiquer avec elle ! Pourvu que... oh... elle a paru si déçue quand le commissaire m'a annoncé qu'il ne prendrait pas les échantillons pour analyses d'ADN...
— C'était à prévoir, ce n'est pas légal.
— On aurait pu le demander nous-même, mais c'est hors de prix et très long...
— Et non recevable par la police !

Il termina sa tisane et dit :
— Viens avec moi, nous allons sillonner la région avant la tombée de la nuit !
Nous sortîmes ensemble, Gerhard passa prendre les clés de son auto. Dans le hall nous croisâmes cette chère madame Gentil. Elle nous lança un regard sans équivoque.

Madame Gentil

Ah ça, je m'en doutais ! Au moment où j'attendais l'ascenseur, Pompidou dans les bras, j'ai entendu la porte de l'Allemand se fermer et celle de sa voisine s'ouvrir ! Puis je les ai vus descendre ensemble pour se rendre Dieu sait où ! Ils s'affichaient publiquement, quel monde !
Il s'en passait des choses dans cet immeuble. Comment pouvait-on encore traficoter avec un homme à cet âge ? Du temps de monsieur Gentil, j'eus vite mis les points sur les i. moi, l'amour...
Au début de notre mariage, j'avais laissé faire. J'avais tout juste vingt ans, la guerre venait de se terminer. Je subissais les assauts du gaillard sans trop réagir. Il me disait sans arrêt : « Est-ce qu'au moins ça te plaît ? » Je répondais un timide oui. En réalité, ça ne me convenait pas. Je trouvais l'acte... répugnant ! Et monsieur Gentil qui gesticulait au-dessus de moi, rouge, suant et grognant, ça me révulsait. Mais je prenais mon mal en patience, et après chaque coït, il me fichait la paix plus d'une semaine.
Un samedi soir, nous étions mariés depuis une dizaine d'années, il ramena à souper un couple d'amis. L'homme travaillait avec lui, la femme était très jolie et souriante. Je

mis les petits plats dans les grands. Après le repas, les garçons avaient déjà bien bu, mais ils réclamaient une eau-de-vie. Je sortis en quérir au cellier. À mon retour, je restai clouée à la porte du salon, sidérée par le spectacle. Stupéfaite. Monsieur Gentil étreignait Josy, il la pelotait, la déshabillait, elle avait ses gros seins à l'air. Son époux observait la scène en se tripotant l'entrejambe.

Il me fit signe de m'asseoir auprès de lui. J'étais glacée d'effroi. Comme un automate, j'obtempérai. Il m'embrassa goulûment et posa ses mains partout sur moi. Ne voulant pas créer de scandale, à contrecœur, je rentrai dans le jeu, me doutant d'une manigance de mon mari.

Quand ils furent partis, je hurlai, piquai une crise, lançai des objets contre les murs, lui annonçai que plus jamais il ne me toucherait. Dès ce soir-là, je fis chambre à part. Il revenait tard, découchait chaque fin de semaine. Les gens souriaient parfois sur mon passage. « Mal baisée » avait susurré un voisin de l'époque. Dans ma tête, je pensais : pas baisée du tout et je m'en moquais. Mieux, cela m'arrangeait.

Monsieur Gentil est mort d'une crise cardiaque chez une de ses maîtresses un jour d'hiver, il y a huit ans. J'ai quitté le bourg pour venir en ville. Je n'avais besoin de personne, pas comme cette Hortense. L'amour physique ne menait à rien. Toutes ces émissions pour expliquer l'orgasme, palabrer des heures sur ce qui est bon ou non ne servaient à rien. Ma mère m'avait bien dit que les hommes n'existaient que pour « ça », et nous, pauvres femmes, nous subissions en serrant les dents ! Je n'avais jamais aimé l'acte sexuel, contrairement à monsieur Gentil qui ne pensait qu'à ça !

Et maintenant, l'Allemand et madame Belvue, ils avaient le diable au corps, ma parole !
Moi, je n'appréciais que mon Pompidou, son regard profond et brun bienveillant me suffisait pour vivre.

Gerhard

Nous roulions depuis une quinzaine de minutes. J'avais fait le tour de la ville, puis nous nous étions dirigés vers Danjoutin, la rue du collège, les routes adjacentes. Nous avions croisé le père de Morgane, il était avec Julia et Manon. Nous avions parlé quelques instants, puis décidé d'aller en direction des villages avoisinants. Pour détendre l'atmosphère, je racontai à Hortense des détails de mon enfance. Ce jour de mes douze ans où moi aussi je m'étais enfui de la maison.

— J'avais passé l'après-midi avec des camarades, nous avions fait de la bicyclette sur la place. Comme tous les mômes, on adorait installer des tremplins, des détours. C'était super. En rentrant, la voiture de mon père était déjà au garage. Elle était rutilante, neuve. C'était une Mercedes, le dernier modèle de l'année, la 450 SE.

— Quelle mémoire !

— Je ne peux pas oublier ce jour, attends... Elle était bleu nuit, les sièges en cuir beige. Je débarquai le visage rouge, heureux de ces heures de jeu, j'appuyai le vélo contre le mur du fond. Je le posai mal, trop vite, trop droit. Il tomba sur l'auto. Ça fit du boucan, mon père arriva comme une furie,

regarda la carrosserie, m'attrapa par le bras et me propulsa dans le couloir. Là, il ôta sa ceinture et me frappa avec en hurlant. Une fois, puis deux, puis trois. J'arrêtai de compter, je pleurais. Magda débarqua en criant, elle s'interposa et prit elle aussi des coups. Elle se jeta sur moi pour me protéger, il se calma et fila au salon. Maman et moi nous sanglotions dans les bras l'un de l'autre. Elle se leva, ramassa la bicyclette, la passa lentement contre la carrosserie en disant : « schmutziges Auto ! », ça veut dire : putain de bagnole !
— J'avais deviné. Et c'est ensuite que tu as fugué ?
— Le lendemain. Car bien évidemment, il avait repéré la rayure supplémentaire. J'eus droit à une seconde raclée. Là, c'était trop. Maman était en ville, j'ai pris mon sac à dos, mon vélo et je me suis tiré toute la journée, dis-je en riant. Il n'y avait pas de téléphone portable à l'époque. Ils m'ont cherché. Moi, je voulais vraiment lui faire peur à mon père, qu'il flippe sa race, comme disent les jeunes ! Je suis rentré à vingt et une heures. Pour ma mère, pas pour lui. Et tu sais quoi ?
— Raconte !
— Il avait passé une partie de la journée à mettre une sorte de pâte sur la rayure de son carrosse, on y voyait plus rien ! Magda m'a soufflé à l'oreille : « Tu peux recommencer, il a acheté un kilo de crème spéciale ! »
— Elle était merveilleuse ta mère.
— C'était une femme hors du commun ! Toujours pas de signe de la petite…
— Attends, je suis en train de penser : et si elle était partie chez ses grands-parents ?
— Je croyais que Sabine était orpheline ?
— Sabine, oui, mais pas Diégo !
Hortense avait appelé Julia qui avait pris contact avec les grands-parents, mais ils répondirent qu'ils n'avaient pas de

nouvelles de la jeune fille. Nous rentrâmes, car la nuit tombait. Je m'arrêtai quelques instants chez Hortense, puis je retournai dans mon appartement. Au moment d'ouvrir ma porte, je perçus un furtif bruit de clé et de pas au-dessus de ma tête. Sans doute cette chère madame Gentil qui m'épiait par l'escalier. Je mis du temps à m'endormir, obsédé par la disparition de l'adolescente. Pourvu qu'elle n'ait pas commis l'irréparable, je savais qu'elle avait déjà pris des médicaments. Elle n'était pas venue en cours depuis deux jours. C'était d'autant plus étrange qu'elle semblait aller mieux et la semaine dernière elle avait beaucoup participé durant les échanges allemands.
Il était au moins deux heures quand je parvins à trouver le sommeil.

Manon

Dans le regard du grand-père de Morgane, je lus toute la détresse et l'amour pour sa petite-fille.
Hier soir, après avoir erré dans les environs, nous avions croisé la tante d'Iris et son voisin, le professeur d'allemand. Ils avaient sillonné la région pour trouver Morgane. Nous étions tous rentrés bredouilles. Les policiers avaient déclaré qu'ils se mettraient à sa recherche après vingt-quatre heures de disparition. « C'est une fugue, qui dit fugue, dit départ volontaire et pour nous rien d'alarmant. Les fugueurs reviennent toujours au bercail avant quarante-huit heures... Enfin quatre-vingt-dix pour cent ! »
Dans la nuit, je m'étais réveillée en sursaut avec la conviction que Morgane n'était pas perdue quelque part, mais au contraire, vers quelqu'un en qui elle avait toute confiance. Forcément, ses grands-parents. Bien sûr, au téléphone, le vieux Nino nous avait certifié qu'elle n'était pas à Meroux. Bizarrement, il n'était pas paniqué et n'avait pas proposé de se joindre à nous pour les recherches. J'étais donc persuadée qu'elle se réfugiait chez eux.

Il me fixait en silence de ses grands yeux noirs, puis s'écarta pour me laisser passer. Je pénétrai dans la maison. Elle était là, assise aux côtés de sa mamie.
— Salut Morgane. Tout le monde te cherche, on est tous morts d'inquiétude !
— Je sais, mais...
— Et vous, j'ajoute en regardant les grands-parents, vous n'avez pas pensé à rassurer Diégo et Sabine ?
— Il fallait qu'on parle avec Morgane, elle a besoin d'aide. Sa mère est trop occupée avec le bébé et mon fils est dépassé par l'évènement !
— Vous permettez que je les prévienne, eux et Julia ? Hortense et son voisin t'ont aussi cherchée...
— Je suis désolée, répondit-elle d'une toute petite voix. Manon, c'est parce que... parce que je sais qui a abusé de moi. C'était fin mars dernier... Elle se mit à pleurer.

Madame Trivelli me servit un café. Morgane n'avait pas voulu en dire plus. Une nuit, elle s'était brusquement souvenue de deux soirées étranges. Elle m'annonça que son papy la ramènerait chez elle en fin de journée, elle désirait rester encore avec eux, au calme sans les hurlements de bébé...
Au téléphone, Julia n'avait fait aucun reproche à son amie, elle lui avait même conseillé de se reposer et de ne rentrer que lorsqu'elle irait bien.
J'avais envoyé un SMS à Hortense qui me répondit : « Ouf ! ».
En repartant, je m'étais arrêtée devant l'église et j'étais entrée dans la bâtisse fraîche. Ce n'était pas mon habitude, mais j'avais besoin d'aller remercier quelqu'un alors que je ne croyais en rien ! L'édifice datait de 1885. Je le trouvais énorme pour un village. Je m'assis, le soleil perçait à travers les vitraux. Je respirai doucement et lâchai prise. Depuis

hier j'étais tendue comme un arc. Je me dirigeai lentement vers la chapelle, j'allumai deux bougies et je jetai la monnaie dans le tronc en bois. En sortant, je téléphonai à Djibril, nous avions prévu de visiter un appartement à louer cet après-midi. Je repris la route le cœur plus léger. J'aperçus un chevreuil broutant près d'un sentier nommé le stratégique. Cette route raccordait tous les forts de la région. Au fil des batailles de l'histoire, Belfort était devenu un haut lieu de la tactique militaire. De nombreux forts et ouvrages furent construits tout autour pour protéger la ville. Les chemins qui les reliaient servirent longtemps aux différentes garnisons. Le chevreuil s'éloigna tranquillement sans plus s'intéresser à moi.

Mon père essayait de me joindre depuis quelques jours. Je n'avais pas répondu. Ce n'était pas cool, mais à présent que nous allions mieux, maman, Julia et moi, je n'avais pas envie de le revoir. Il voulait sans doute me parler de son fils, de sa nouvelle femme... Ça ne m'intéressait pas. Depuis toutes ces années, jamais il ne s'était inquiété de savoir si l'on avait besoin de lui, si l'on arrivait à vivre toutes les trois sans son argent. Il n'avait jamais aidé maman, ou si peu... Et pourtant, mon papa c'était quelqu'un. Pour la petite fille que j'étais, il représentait le meilleur, le plus fort, le plus beau, le plus juste des hommes. Aujourd'hui, il était le plus veule, le plus sinistre des représentants de la gent masculine.
Julia souffrait beaucoup du départ de notre père, elle ne voulait pas le reconnaître, mais j'étais persuadée qu'elle le pleurait encore certains soirs !

Mon amoureux m'attendait devant un immeuble rue de Nantes. Je stoppai la voiture et courus me jeter dans ses bras.

Chapitre 9

Avril
Hortense

Iris prenait son petit déjeuner. J'étais assise en face d'elle. Je la trouvais pâle.
— Tu n'as pas bien dormi, Iris ?
— Si… non, enfin, cette histoire de Morgane me perturbe. Tu sais, finalement, elle est restée un jour de plus à Meroux chez ses grands-parents. Sa mère est allée la chercher, mais elle n'a pas souhaité rentrer ni même retourner au collège. Et surtout, n'a pas confié le nom du violeur. Elle a dit qu'elle mijotait sa vengeance !
— Si elle veut réfléchir encore ce n'est pas grave. Je me rends au centre, as-tu besoin de quelque chose ?
— Non, Tantine, tout va bien !
Elle m'embrassa et fila à la salle de bains.

Je traversai la place d'Armes. Certains la nommaient place de la mairie, car l'hôtel de ville était un magnifique bâtiment datant de 1724. D'abord hôtel particulier, il fut agrandi et transformé en 1784 par Kléber, le futur général de la République qui mandata l'architecte Boudhor.
L'esplanade était superbe, vaste et centrale. Elle était auparavant entourée de dix-neuf marronniers centenaires

qui furent abattus en 2013. Les riverains avaient largement manifesté leur mécontentement et certains s'étaient même accrochés aux branches le jour des travaux ! J'avouai que je les aimais aussi ces arbres, mais je n'habitais pas encore la ville et j'appréciais malgré tout cette nouvelle place. À présent, le sol était recouvert de dalles en grès des Vosges, la plantation de quelques ormes du Japon apportait ombre et verdure. Le kiosque était mis en valeur et la cathédrale se dressait fièrement face à l'hôtel-restaurant Saint-Christophe. Les terrasses des bistrots étaient toujours remplies de monde et, lors des matins ensoleillés, les touristes venaient prendre un café et déguster des croissants au pied du Lion.

Lorsque j'étais enfant, certains dimanches, avec mes parents, mon grand frère et Ariane, nous nous promenions, nous montions au château, marchions le long des fossés. J'adorais l'énorme fauve, cette sculpture gigantesque en granit rouge, œuvre de Bartholdi. Parfois nous apportions le pique-nique, nous nous cachions dans les remparts et pendant les grosses chaleurs d'été, les hauts murs nous rafraîchissaient.

Je me souvenais aussi d'un jeudi où Ariane et moi étions venues en autobus pour acheter du tissu. J'avais réclamé un tutu à ma grande sœur, je voulais danser et faire un « pestacle », une surprise à mes parents. Je devais avoir cinq ou six ans. Ariane se procura du tulle rose ainsi qu'une fleur en soie et trois rubans parme à coudre sur le jupon. J'étais folle de joie et tournais autour d'elle en sautillant. Elle m'offrit une glace sur cette place qui, à l'époque, me paraissait démesurée.

J'avais un souvenir précis de ce costume. J'avais répété des heures devant ma sœur. Elle jouait son rôle de chorégraphe sérieusement, même si parfois je devinais un sourire

moqueur. De mon côté, je m'appliquais et exigeais qu'elle me coiffe d'un chignon serré sur la nuque.
Le grand jour de la représentation arriva. Mes parents s'assirent côte à côte au salon, mon frère retenant un fou rire et Ariane affairée à mettre le tourne-disque en marche. Je me cachai à la cuisine de façon à faire une entrée spectaculaire, mais je glissai et trébuchai sur un ruban qui dépassait de mon tutu. Au lieu d'apparaître avec légèreté, je déboulai comme si l'on m'avait poussée. La musique de Tchaïkovski envahit la maison et je me trémoussai pendant dix minutes devant ma famille qui applaudit largement mon exploit. Je souris à ce souvenir. Je désirais tellement devenir une grande danseuse. Mais il n'y avait pas de professeur de danse au village et jamais mes parents n'auraient pu m'offrir cette activité !

Je traversai le pont Carnot, des canards s'ébrouaient au bord de la Savoureuse. La circulation était dense. J'avais rendez-vous avec Astrid. Comme chaque semaine depuis plusieurs mois, nous nous retrouvions pour partager un thé. Elle profitait d'une pause entre ses deux derniers cours de yoga, et moi, j'étais heureuse de la voir ! Depuis quelque temps, je la trouvais fatiguée et même soucieuse.
— Comment te sens-tu Astrid ? Tu n'as pas l'entrain habituel !
— Iris ne t'a rien dit ?
— Que doit-elle dire ?
Ma nièce se tut un instant, nous commandâmes nos boissons, puis elle me scruta et elle annonça d'une voix sèche :
— Iris nous a déclaré ce week-end qu'elle n'appréciait pas les garçons, elle a rencontré une fille dont elle est amoureuse !
— Oui, et c'est un problème ?

— Non, bien sûr, il faut juste s'habituer à l'idée... Tu le savais ?
— Elle ne me l'a pas encore confié, mais je m'en doutais. Elle m'en parlera quand ce sera le moment. Oh, quel est ce brouhaha ?
On entendit au loin, des cris, des battements de tambour, des porte-voix.
— Il y a une manifestation, ils partaient de la Maison du Peuple jusqu'à la préfecture.
— Qui sont les contestataires ?
— Ce sont les ouvriers de l'usine, il va y avoir des licenciements...
— Ça me rappelle le grand mouvement Lip, en 1972 ou 73, je ne sais plus. Je travaillais encore à la clinique. Avec Noëllie, on se baladait souvent en ville, et de jour en jour, on se mêlait aux manifestants. On était presque devenues amies avec certaines travailleuses. Mais un jour, je devais rejoindre Lucien devant l'hôpital, les hommes et les femmes de l'entreprise étaient particulièrement échauffés, des casseurs s'étaient immiscés parmi les manifestants et cela avait mal tourné. Il y eut de nombreux dégâts, vitrines, mobilier urbain...
J'étais au milieu du défilé, au niveau d'une bijouterie avec Denise et Maria, deux « Lipiennes », comme on les nommait entre nous, quand le commerçant nous a tirées en arrière, dans sa boutique. Il avait aussitôt baissé le rideau et fermé à clé. Nous avons attendu que les manifestants soient tous passés. Les casseurs cognaient contre le magasin, ils hurlaient des injures, ils avaient tagué la devanture. Ne me voyant pas arriver, Lucien fut pris de panique. Quand j'ai pu le retrouver, il était livide.
Il m'avait dit :
« Il y a eu des blessés, des détériorations partout. J'ai eu si peur ». Nous étions allés remercier le commerçant, c'était

d'ailleurs chez lui que nous avions acheté nos alliances !
Depuis, j'ai du mal avec ces mouvements de contestations, on ne sait jamais ce qui va arriver !
— Ceux-ci ont l'air plus calmes, Tantine !
En effet, le groupe était passé devant le salon de thé en brandissant leurs banderoles et en criant des slogans. Quand la situation devenait critique ou même inacceptable, il était normal de montrer son mécontentement.
Nous allions nous lever quand Astrid s'empara de ma main :
— Et toi et Gerhard, comment ça va ?
— ... Nous sommes amis, c'est tout !
— Lucien n'est plus là, tu es seule...
— Chut, je me sens bien ainsi. Qui vivra verra !

Nous nous séparâmes après un baiser. Je repris le chemin du retour à l'appartement. Je me permis un détour par le grand centre Atria et l'école d'Art par la rue Chantereine. Un groupe d'étudiants discutait et riait aux éclats. Je passai devant les restaurants, de délicieuses odeurs s'en échappaient. Après le rond-point Brühl-Bastien, je retrouvai la superbe place d'Armes.
Gerhard avançait vers moi avec son sac de cours. Il se pencha pour une bise et nous fîmes chemin ensemble.
— Tu termines tôt aujourd'hui !
— Oui, j'ai une classe qui participe à un concours d'éloquence.
— Concours d'éloquence ! Bravo, je trouve ça encourageant.
— Heu, j'ai eu une idée pour dimanche, le temps est radieux, aurais-tu envie de venir avec moi randonner au Ballon d'Alsace ? Tu n'es pas obligée de répondre à l'instant. Tu me diras ça dans la semaine !

Avant de nous séparer, il m'embrassa devant sa porte, puis m'invita à entrer boire un jus de fruits. Je refusai, me retournai et ajoutai :
— D'accord pour la balade au Ballon dimanche, je prépare le pique-nique !

Iris

La veille, j'avais présenté Clara à Manon et Djibril. Il m'avait semblé qu'ils l'avaient trouvée sympathique, non, en fait, j'en étais certaine. C'était une super nana, ses cheveux étaient aussi courts que ceux de Manon, mais beaucoup plus noirs. Elle avait un visage rieur et très expressif, elle ne rechignait pas à grimacer et singer les profs ! Comme moi, elle suivait les cours d'infirmière. Nous deux, ça avait matché dès le début. J'en avais parlé à maman, elle avait accusé un peu le coup, puis m'avait proposé de l'inviter à venir manger. La connaissant, je savais que papa serait vite informé ! Maintenant, je ne pouvais pas cacher ça plus longtemps à Hortense, j'adorerais recevoir Clara dans mon mini royaume…

Elle était tout de même chouette ma grande tante, même pas un haussement de sourcil, pas de rictus ni de remarque. Elle m'avait juste demandé :
— Tu l'aimes ?
— Oh oui, ça j'en suis certaine !
— Elle est de Belfort ?
— Non, c'est une fille de la Haute-Saône, de Lure !

— Tu me la présenteras, ça me ferait plaisir !
— Tu es formidable Hortense, tu es au Top !
Elle m'avait embrassée en riant.

Manon et Djibril avaient trouvé un appartement, j'allais les aider à emménager ce dimanche. Ils n'avaient pas beaucoup de meubles, mais Pascale avait quelques vieilleries dans son sous-sol, ils s'étaient jetés dessus. Hortense leur offrit son ancien four et un canapé qui dormait dans la cave de l'immeuble. Plus tard, j'aimerais m'installer avec Clara, lorsque nous travaillerons, évidemment !
Julia semblait triste, sa sœur s'inquiétait. Elle ne parlait pas beaucoup, ne sortait plus et avait peur de tout. Des copines de collège l'avaient invitée à une fête chez l'une d'elles, elle avait refusé. Manon lui avait demandé pourquoi, elle avait répliqué qu'elle ne voulait pas se faire violer, que : « Les mecs mettent des trucs dans ton verre pour abuser de toi ! » L'histoire de Morgane l'avait traumatisée... Il faut dire qu'elle fut aux premières loges lors de l'accouchement. Je suggérai à mon amie d'envoyer sa sœur consulter un psy, ce serait peut-être judicieux. Elle était d'accord avec moi, mais la petite refusait pour l'instant.
Je connaissais une femme qui était devenue agoraphobe après un évènement de ce genre, ce serait tout de même horrible que l'adolescente s'enferme dans ses angoisses. En cours, nous avions parlé de l'anorexie et de la boulimie... Tous ces troubles du comportement alimentaire pouvaient surgir après un choc psychologique. Je souhaitais vraiment que tout redevienne normal.
Apparemment, Morgane s'était rendue au commissariat, ses parents l'accompagnaient. Sans doute était-elle allée donner une piste aux policiers. Ce n'était que des présomptions, mais en faisant des recoupements, il y avait

tout de même moyen d'intercepter ce taré avant qu'il ne recommence ! Elle avait annoncé à Julia qu'elle connaissait l'identité de l'homme qui avait abusé d'elle. Tout ce que j'espérais, c'est que ce type finisse en prison. Ça ne changerait pas grand-chose pour Morgane. Le mal était fait... Et ce bout de chou, comment allait-il vivre tout cela ? J'avais rencontré Sabine la semaine dernière, elle le promenait en ville. Il était craquant le petit Nino, la situation n'était absolument pas pénible pour lui. Du haut de ses six mois, il observait son entourage avec curiosité et amusement. Il recevait beaucoup d'amour et ne manquait de rien, même si sa mère ne le regardait toujours pas... Mais parvenu à l'adolescence, il poserait fatalement des questions sur son géniteur. Comment grandir se sachant né d'un viol ?

Hortense

Il était dix-neuf heures, j'avais mis mon pyjama et je cuisinais. J'allai dans le vestibule, enfilai mes chaussures de marche afin de vérifier si elles me convenaient toujours. Je ne les avais pas utilisées depuis au moins douze ans... Avec Lucien, nous faisions de fabuleuses randonnées chaque été. Le Queyras, les Pyrénées, la Vanoise, le Mercantour, et les Vosges !
Demain, j'allais marcher avec Gerhard, le Ballon d'Alsace était très beau à cette période. Il fera bon. Je préparais une salade de pommes de terre et des sandwichs. Mais j'éclatai de rire en voyant mon reflet dans le miroir, pyjama et chaussures montantes, la classe !

Le ciel était bleu, mais il soufflait une bise assez glaçante. Je suivais mon voisin, il se retourna :
— Ça va, Hortense ? Tu n'as pas trop de peine à grimper ?
— Non, je prends le rythme. Je regarde aussi le panorama, il y a si longtemps que je suis venue... Je crois que la dernière fois, c'était avec toute la famille d'Astrid, pour fêter le premier anniversaire de Valère... Lucien était encore là.

Je laissai un moment de silence. Tout cela était si loin et si proche à la fois.
— Admire ce paysage, Gerhard, c'est magnifique ! On est à 1 247 m d'altitude, c'est peu, et cependant, on a l'impression de dominer le monde. Regarde, on aperçoit les lacs en contrebas et là-bas, les Alpes suisses. C'est dommage, on ne peut pas voir le Mont-Blanc !
— Tu n'es pas trop fatiguée ? On continue sur le sentier, ensuite la boucle nous ramène vers le parking du Démineur.
— On dénichera un coin à l'abri du vent pour pique-niquer !
— J'ai réservé au restaurant du sommet. Il fait un peu frisquet pour manger sur l'herbe, tu ne penses pas ?
— Tu es incroyable et mon repas dans le sac ?
— On le dégustera ce soir. Chez toi ou chez moi !

Nous nous installâmes sur les lourdes chaises de bois. L'air embaumait la cuisine montagnarde. J'étais affamée. Nous savourâmes notre baeckeoffe en silence. La salle était grouillante de touristes, des Allemands pour la plupart, certains d'entre eux étaient venus en moto, d'autres, les plus courageux, à bicyclette. Ça discutait, chahutait parfois. Des enfants couraient autour des tables, une serveuse intervint, car elle avait trébuché contre un petit bonhomme rouge, gesticulant. Nous terminâmes par la célèbre tarte aux myrtilles et un café. J'étais bien, je n'avais pas envie de partir. Pas encore. Je le dis à Gerhard.
— Moi aussi je suis bien, Hortense.
Il prit ma main dans la sienne. Je ne bougeai pas. Il me regarda. La serveuse arriva et rompit ce doux instant.
— Nous pouvons grimper à la statue de Jeanne d'Arc, ou si tu veux, allons jusqu'à la table d'orientation !
Nous gravissions lentement, il attrapa ma main. Je le laissai faire, la montée était un peu rude après la randonnée de ce matin et le bon repas. Cette sculpture en bronze érigée sur

un monticule de pierres fut inaugurée en 1909. C'était, semble-t-il, pour symboliser l'attachement des Français à l'Alsace. Elle était d'ailleurs tournée en direction de l'Alsace. Le chemin de crête menait à une statue de la Vierge qui elle, datait de 1862.
— Connais-tu la petite histoire de Notre Dame du Ballon ?
— Non, je t'écoute !
— Le propriétaire de la ferme du lieu fut pris dans une violente tempête un soir qu'il rentrait chez lui. Il erra, pria, promit à la Madone de lui ériger une statue s'il s'en sortait. Et voilà !

Nous restâmes un long moment vers la table d'orientation. Nous tentions de repérer les villages, les lacs, puis les villes et les montagnes alentour. De gros nuages s'accumulaient au-dessus de nous, aussi, nous décidâmes de rebrousser chemin et de rejoindre la voiture. Je fis une halte au magasin de souvenirs, j'achetai des cartes, une pour Ariane, une pour Bénédicte et une troisième pour mon neveu Pierre.
Nous nous racontâmes quelques anecdotes de notre enfance. Je lui confiai que lorsque j'étais gamine, avec mes parents, mon frère et ma sœur, nous montions une fois l'an pour pique-niquer vers la Madone.
— Maman adorait grimper jusque-là et elle apportait à chaque fois un bouquet de pivoines ou de roses qu'elle déposait au pied de la statue. Au retour, on s'arrêtait à l'auberge, les grands buvaient une bière et moi, j'avais droit à une énorme glace noyée de chantilly ! Ce devait être à la belle saison, je me souviens de ma mère vêtue d'une jolie robe fleurie et de mon père en chemisette à rayures et coiffé d'une casquette ! Je dois te préciser une chose : il en avait toujours une sur la tête ! Celle du travail, bleue, sentait la graisse des voitures et celle du dimanche, beige à carreaux.

L'hiver, il en portait une en flanelle grise avec des rabats sur les oreilles ! Très moche, je t'assure !
Nous rîmes tous les deux.
— On s'entend bien, toi et moi, tu ne trouves pas ?
— Si, Gerhard, j'ai passé une délicieuse journée. Merci vraiment !
— Hé, ce n'est pas terminé, on doit manger le pique-nique ce soir ! Chez toi ou chez moi ?
— Chez moi, je dois absolument enlever ces godasses qui sont trop lourdes. Je crois que je vais investir dans des chaussures plus modernes.
— C'est une bonne idée, j'ai bien l'intention de t'emmener marcher dans notre région… et dans d'autres aussi !
— Pourtant, je les ai portées plus d'une heure hier soir, pour m'entraîner ! Je te précise que j'étais en pyjama !
— J'aurais aimé voir ça !

Bien entendu, nous croisâmes madame Gentil en arrivant. Elle nous décocha un sourire entendu en serrant son Pompidou contre elle, comme pour le protéger. Gerhard chuchota :
— Je ne veux pas lui prendre son clebs, pourquoi le cramponne-t-elle ainsi ?
Nous nous amusions comme deux collégiens. Nous nous séparâmes sur le seuil de son appartement. Il sonna une heure après, j'avais eu le temps de me doucher. Il sentait bon le savon. Nous dévorâmes la salade de pommes de terre et le cake aux fruits.
— Je t'ai parlé de la soirée du club de lecture ? Un groupe de musiciens du Doubs animera le bal. Repas comtois et danse, tu es partante ?
— Astrid me l'a dit, elle y sera avec Étienne, on se mettra à la même table si tu veux ?
— Évidemment, mes collègues seront présents aussi.

— Merci pour cette sortie et cette belle journée !
— Hortense…
— Oui, Gerhard ?
— Je peux t'embrasser ?
— Je… d'accord !

Il se pencha vers moi et ses lèvres prirent les miennes. Un baiser doux, délicat. Je me redressai et lui dis :
— Bonsoir Gerhard !
— Voilà une aimable façon de me congédier ! J'y vais, il y a école demain !
On s'embrassa une fois encore et il disparut derrière la porte.

Astrid

Impossible de retenir mes larmes. Ce furent des obsèques difficiles. Martha était restée très digne, droite comme un i, elle était entourée de ses deux garçons. L'église du Mont était remplie de monde, collègues de Yvan, amis du couple, famille... Je m'étais installée au fond à côté des filles du groupe de yoga. Nous pleurâmes toutes ensemble. À la sortie de l'enterrement, j'avais serré Martha dans mes bras, elle m'avait invitée à passer boire un verre, mais j'avais décliné l'offre. J'avais surtout envie d'être seule et de déambuler sans but précis.

C'est ainsi que je me retrouvai devant la cathédrale Saint-Christophe. Je montai les marches et pénétrai dans la bâtisse fraîche et lumineuse. Construite à partir de 1727, elle était presque exclusivement en grès rose de la région. Je m'assis sur une chaise et fermai les yeux. Derrière moi retentit soudain l'orgue majestueux. Il avait totalement été rénové il y avait huit ans et mon corps vibrait au son de l'instrument. J'avais toujours adoré Bach et le musicien qui jouait en ce moment là-haut était un virtuose. Je n'avais plus envie de bouger. Ça me rappelait un souvenir.

Je devais avoir cinq ans, mes parents voulaient emmener Bernadette au concert, ici à Saint-Christophe. Il avait lieu un samedi soir d'automne. Je les avais accompagnés. Assise sur cette même chaise, j'avais écouté, émerveillée, les notes qui montaient jusqu'aux cintres. Mais ce fut long et je m'endormis. Je sursautai au moment des applaudissements et d'émotion, tombai dans l'allée ! Mon père chuchota : « Ne pleure pas ma poupette ! » Il me prit dans ses bras et je regagnai la voiture en serrant mes mains autour du cou paternel.

Je n'avais pas envie de bouger. La musique me transportait. Des idées parasites sillonnaient dans ma tête, mais je ne les accrochais pas. Je songeais à Iris et son amie Clara, à Valère dont les notes avaient baissé ce trimestre, à mon frère et ma sœur qui me manquaient... L'organiste là-haut attaqua la Toccata et fugue en ré mineur. J'étais au ciel ! D'autres promeneurs entrèrent dans l'église, je perçus à peine les chuchotements.
Puis le silence. Plus un son, la musique s'était interrompue. Je me levai avec regret, le temps s'était arrêté. Lorsque je sortis de la bâtisse, le soleil m'aveugla. La place grouillait de monde, touristes en villégiature, employés en pause, ils prenaient leur repas en terrasse. Des enfants criaient et couraient à travers le kiosque et j'aperçus au loin, venant de la ville, ma chère Hortense, les bras étirés par de lourds sacs à provisions. Je me précipitai à sa rencontre.
— Comme tu es chargée, Hortense !
— Je me suis laissée déborder ! Je ne pensais pas acheter tout ça.
— Donne-moi tes cabas, je t'accompagne. J'avais besoin de marcher et je me suis arrêtée à la cathédrale. Un organiste interprétait du Bach, c'était fabuleux, j'avais envie que ça dure encore !

— Sans doute Jean-Charles !

Quelques minutes plus tard, confortablement installées devant deux tasses d'un délicieux thé « Sencha », nous parlions de notre famille.
— J'en ai beaucoup des souvenirs d'offices religieux. Tu sais, ta grand-mère paternelle, ma chère maman, était un peu grenouille de bénitier ! La religion tenait une grande place dans sa vie. Cela venait de ses origines italiennes.
— Son prénom, c'était Maria ou Maria-Rosa ? J'entends toujours parler de mamie Maria…
— Maria-Rosa, mais elle ne l'aimait pas. Mon père l'appelait Maria.
— Maria et Édouard.
— Oui, ils étaient tous deux enfants de paysans. Maman était née dans les Pouilles en Italie, elle était arrivée en France juste après la guerre, en 1920. Elle avait quatre ans et avait habité avec sa famille chez une vieille cousine à Luxeuil-les-Bains. Deux ans après, ils débarquaient tous dans le Territoire de Belfort qui faisait encore partie de l'Alsace.
Hortense soupira, puis poursuivit :
— Elle est morte trop tôt…
— Je me souviens bien de grand-père. Quelle douceur dans son regard !
— De la mansuétude… J'aime ce mot. Papa pardonnait toujours… même à sa crevette pas forcément cool !
Je souris aux mots d'Hortense, je ne l'imaginais pas autrement que cool, comme elle disait !
J'appréciais ces échanges sur la famille, elle était notre « arbre généalogique vivant ». Après elle, il serait difficile de relier toutes les branches. Mon frère et ma sœur me manquaient parfois. Cependant, le Luxembourg et l'Allemagne n'étaient pas si loin !

Il était tard lorsque je sortis de chez ma tante. J'envoyai un message à Étienne et aux enfants pour qu'ils ne s'inquiètent pas. Il faisait très doux, je respirai profondément en traversant la place. Je décidai de téléphoner à ma sœur Bernadette ce soir, et à mon frère Pierre, demain.

Gerhard

Après la séparation de mes parents, j'avais perdu le contact avec mon père. J'avais des nouvelles de loin en loin et je devais reconnaître que son devenir ne m'intéressait pas. J'avais appris par Magda qu'il s'était remarié et avait eu deux enfants. Une nouvelle vie…

Un jour, il y a maintenant huit ans, je reçus un appel d'Allemagne. Une femme à la voix ferme m'annonça qu'elle était ma demi-sœur. Nous parlâmes pendant cinq minutes, elle avait épousé un diplomate, habitait Cologne et avait deux filles. Son frère était en Afrique, il faisait de l'aide humanitaire en Éthiopie, ou au Soudan, j'avais oublié. Après un silence, elle ajouta encore plus doucement :
— Notre père vient de mourir, Gerhard.
— Ah… Oh tu sais, je ne l'ai pas vu depuis mes seize ans. Et il n'a jamais tenté de me retrouver…
— Si, enfin, oui, il a essayé. Il avait joint ta mère dix ou douze ans après, mais elle n'avait rien voulu dire sur toi. Il avait arrêté les recherches. Lorsque j'étais petite, il me

parlait de toi. Et tu es devenu le héros sans visage de mon enfance.
— Je suis tout sauf un héros ! Quel est ton prénom ?
— Magda… Je devine ta surprise, il ne faut pas toujours réfléchir à des explications. Même s'il n'y a pas de hasard et que tout a un sens ! Mon frère s'appelle Rolf, comme notre père. Bon, je souhaitais t'informer de ce décès. Son enterrement a eu lieu vendredi dernier. Il a fait une crise cardiaque dans son jardin, il était âgé… Si tu veux me téléphoner, ou venir en Allemagne, je serais heureuse de t'accueillir. Vraiment.

Après avoir raccroché, je m'étais fait la réflexion : pas un instant je n'eus de peine ou de compassion pour cette fille qui avait perdu son père. Je n'avais pas de chagrin, elle était sans doute triste. Mais le mal était fait.
Je n'avais jamais passé de coup de fil à ma demi-sœur, son numéro était toujours noté dans un carnet. J'avais décidé d'emmener Hortense visiter l'Allemagne cet été, peut-être serait-ce le bon moment pour la rencontrer, elle et sa famille…

J'avais adoré cette journée au Ballon d'Alsace. Hortense était d'une agréable compagnie, elle avait marché sans se plaindre, et pourtant, j'étais persuadé que ses chaussures l'avaient fait souffrir. On avait ri, on avait même chanté dans la voiture. Chaque heure passée avec elle m'attachait encore plus à son sourire, à ses grands yeux et à ses cheveux gris. Comme disaient mes collégiens : « Je la kiffais grave ! »
J'avais découvert cette montagne avec des collègues enseignants. Nous avions fait une sortie avant les vacances, c'était lors de ma première année en Franche-Comté. J'avais aussitôt adoré le lieu, le côté sauvage de la flore, le

vent piquant du sommet, et cette vue sur l'Alsace, proche et lointaine à la fois. Je crois que ce jour-là, assis sur un promontoire, admirant le panorama, j'étais tombé amoureux de la région. Puis de ma voisine…

Chapitre 10

Mai
Hortense

Les parents de Lucien m'avaient gentiment accueillie. Un dimanche de juin, mon fiancé était venu m'attendre dans le hall de l'appartement que nous occupions, mes collègues de nuit et moi. J'avais enfilé une robe d'été imprimée d'un liberty dans les tons roses. À son regard, je compris que je lui plaisais. J'avais un trac fou, j'appréhendais leurs questions et leurs jugements sur moi. Hervé, le jeune frère de Lucien était présent.
Ils habitaient un village non loin de Besançon et tenaient un bar-épicerie. Lorsque la voiture stoppa sur le parking attenant, des yeux curieux nous scrutèrent indiscrètement. Des clients buvaient l'apéritif en terrasse. Certains s'exclamèrent :
— Mais c'est Lucien avec sa belle ! Regardez cette petite comme elle est mignonne !
D'autres, un peu plus rustiques, ajoutèrent :
— Ben, mon gars, tu ne dois pas t'ennuyer avec un ravissant brin de poupée comme ça !
Et moi, rouge comme une pivoine, j'aurais aimé rentrer dans un trou de souris !

Heureusement, un couple était sorti à ce moment du magasin.

Reynald avait moins de soixante ans, c'était un grand gaillard, il portait une blouse grise, ça m'avait fait sourire. Marie-Louise dite Malou, la mère était petite et mince, nerveuse, même. Elle arborait un rictus un peu crispé. Son père fut spontanément jovial, elle, en revanche, mit du temps à me parler. Et ses premiers mots furent secs et sans empathie. Lucien tenait ma main, il ne l'avait pas lâchée avant que l'on s'installe pour manger. Puis débarqua Hervé. Des traits fins, il était moins grand que son frère, il me dévisagea pendant tout le repas. Il était en face de moi, c'était gênant. Le pire arriva au dessert lorsque ses pieds touchèrent les miens sous la table. Je sursautai sur ma chaise. Au moment du départ, Reynald et Malou nous raccompagnèrent à la voiture. Ils m'embrassèrent tous les deux, l'atmosphère était détendue. Sauf avec Hervé, je ne le supportais pas. Très gênantes ses œillades déplacées et ses mains baladeuses. Il se comportait aussi mal que Monsieur à la clinique. Dans l'auto, j'en parlai à Lucien.

— J'ai vu, ma douce. Mon frère est invivable, j'en suis désolé. Il risque de se conduire en mufle à chacune de nos visites. Il est jaloux de moi. Je suis médecin, et maintenant, je ramène la plus jolie fille de la région…

— Que fait-il comme boulot ?

— Pas grand-chose… Il a tenté un CAP de bijoutier pour travailler à Besançon, mais il ne garde aucun emploi. En ce moment, il aide les parents à l'épicerie et au café, mais j'ai bien compris qu'il n'y fait pas grand-chose… À part boire le coup avec ses potes !

— Il m'a fait du pied pendant le repas…

— Je sais. Ça lui passera. Excuse-le… J'ai envie de rester avec toi ce soir… Je peux ? Chez toi ou chez moi ?

— Allons chez toi plutôt, nous serons tranquilles.

Nous nous étions mariés dans mon village. Une cérémonie sans chichi. Je m'étais acheté une robe à Besançon, Noëllie m'avait bien conseillée. Nous étions une quarantaine, la famille de Lucien et la mienne ainsi que quelques amis. Le soleil fut de la partie et le repas dans le restaurant du bourg très réussi. J'avais dansé avec mon père, il était ému et avait bu un peu plus que de raison. Des cousins l'avaient raccompagné chez lui après le dessert. Les parents de Lucien furent charmants avec moi, ils m'avaient adoptée pour de bon. Quant à Hervé... Je lui avais trouvé une jolie cavalière, mon amie Noëllie. Mais lorsqu'il m'avait invitée pour un slow, je n'avais pas osé refuser. J'aurais dû ! Il me serrait trop fort, me rabâchait que je devais l'épouser, lui et lui seul : « Lucien est trop vieux pour toi, pis tu verras, ce n'est pas un drôle, monsieur le docteur ! Avec moi et mes amis, au moins, tu t'amuserais ! »
Lucien était venu m'arracher des griffes de cet oiseau de mauvais augure et nous avions valsé comme des fous jusqu'à trois heures du matin ! Une semaine après, nous nous envolions sur l'île de la Réunion où ma sœur Ariane et son mari nous attendaient.

L'année suivante, Hervé rencontra une jeune femme avec laquelle il eut un bébé. Mariage précipité et divorce trois ans après. Depuis ce temps, il vivait avec Bérénice, une maîtresse femme qui lui avait donné quatre bambins et qui le dirigeait d'une main de fer !
Les parents de Lucien étaient morts en l'an 2000. J'étais très attachée à eux et ils me le rendaient bien.

Les cloches de Saint-Christophe sonnaient à toute volée, il y avait un mariage. J'entendais des klaxons et des cris de joie. Il faisait doux, je m'installai sur le balcon. Madame Gentil passait dans la rue avec Pompidou dans les bras. Je me demandais si ce chien possédait des pattes, il ne marchait jamais ! Elle leva le nez vers moi, je lui fis signe, elle détourna la tête. Mon Dieu, qu'elle était revêche !

Gerhard

À peine rentré du collège, je traversai le palier pour sonner chez Hortense. Pourvu qu'elle ouvre sa porte, je devais lui parler.
— Gerhard ? Déjà de retour ?
— Il s'est passé une chose en cours. Puis-je me confier à une personne sensée ?
Elle rit. Sa joue droite marqua une légère fossette. Je me penchai et embrassai le charmant petit creux.
— C'est gentiment demandé, viens, assieds-toi. Il fait chaud, veux-tu boire une bière ?
— Oui, volontiers.
Elle réapparut avec deux canettes que j'ouvris aussitôt.
— Un élève de troisième est resté après le cours de quinze heures. Il gardait la tête baissée et ne disait rien. J'attendais patiemment et ne parlais pas non plus de peur de le faire fuir. Je sentais qu'il avait un problème grave, important. J'ai fait le lien avec Morgane, mais il avait participé au test ADN. Après un moment, silencieusement, il a remonté ses manches de chemise... Oh mon Dieu, Hortense, si tu avais vu ! J'en ai les frissons. Ses bras étaient couverts d'hématomes. Je suis resté muet, puis il a commencé à

raconter son histoire. Son beau-père le frappe depuis longtemps, mais de plus en plus souvent ces derniers mois. Il a perdu son boulot, et comme beaucoup, il s'est mis à boire…
— Quelle tristesse ! Et sa mère, sait-elle tout ça ?
— Il dit que non, il prend les coups quand elle est au travail. Je lui ai demandé s'il avait d'autres marques… C'est horrible, j'ai vu son dos, ses cuisses… On a discuté pendant trente minutes puis je l'ai accompagné à l'infirmerie. Il a bien compris que cela devait cesser.
L'infirmière et lui ont téléphoné aux services sociaux. Pff, quelle journée !
— Ça a dû remuer de mauvais souvenirs.
— Oui. Évidemment. Tu viens me consoler ?
Elle sourit et s'approcha de moi, elle s'installa contre moi. Nous ne bougeâmes plus pendant une éternité. Comme c'était bon. Elle se redressa doucement et chuchota :
— Iris va arriver !
— Je vais aller corriger mes copies.
— Ce jeune, il risque d'être placé ?
— Je ne sais pas. La mère va peut-être virer le mec, non ?
— Elle a sans doute des bleus aussi…
— C'est bien triste. Bonne nuit Hortense. N'oublie pas notre soirée dansante de samedi !
Je la serrai dans mes bras, l'embrassai doucement sur les lèvres et retournai chez moi.

Pompidou était dans le couloir, seul. Je trouvai cela bizarre, guettai l'escalier montant, puis les marches descendantes, pas de madame Gentil. Le petit chien remua la queue et me fit la fête, je me baissai pour le caresser quand une voix me fit sursauter : « Pompidou ! Viens ici ! Ne parle pas aux étrangers ! »

La voisine apparut en haut de l'escalier. Elle était déjà en robe de chambre. L'animal monta les marches avec peine, elle se pencha : « Mon pauvre coco, tu étais perdu ! » Puis elle chuchota une phrase que je ne parvins pas à comprendre. Je criai en riant : « Oui, bonne soirée à vous aussi, madame ! »

Hortense

Après la mort de Lucien, j'avais tenté de m'oublier en marchant. Je ne dormais pas, je me levais aux aurores et traversais la ville sans but. J'errais sur la zone piétonne à des heures où les magasins ont les grilles tirées. Je restais des heures au bord de la Savoureuse à observer, sans les voir, les canards et autres poules d'eau. Un jour, je m'étais retrouvée à Giromagny, hébétée et trempée par la pluie qui tombait depuis des heures. Une femme m'avait fait entrer chez elle et avait insisté pour que je téléphone à une connaissance. J'avais appelé Astrid. Quand ma nièce était arrivée, j'étais emmitouflée dans une couverture et je buvais un café. Après quelques échanges avec ma samaritaine, nous rentrâmes à Belfort. Je voyais bien qu'Astrid était inquiète pour moi. Mais je recommençais à marcher sans but, à oublier ma vie, mes repères, à me perdre au propre et au figuré. Lentement, je me repris en main. Un médecin ami de Lucien m'avait aidé. Il m'avait fallu une année de dérive et deux autres de rémission et de guérison.

Les repas dansants avec Gerhard étaient toujours de délicieux moments. Hier, nous étions allés en Alsace, à

Dannemarie. Un bal était donné pour une sortie d'élèves en Allemagne. Le professeur était un ami de Gerhard, nous étions à sa table. Il était très sympathique et sa femme aussi. La seule ombre au tableau fut l'arrivée bruyante de leur fille de quinze ans. Elle participait à la soirée avec son amoureux, mais celui-ci avait préféré inviter une autre cavalière. La petite était en pleurs dans les bras de sa mère. Le père, un peu gêné par cette intrusion, nous jetait des regards désolés. Gerhard et moi étions allés danser pour laisser au couple la gestion de cette crise. Valser tout contre ce grand gaillard, il n'y avait rien de meilleur ! Il me serrait contre lui en me glissant des mots doux à l'oreille. À la fin de la série, il me prit le bras et en riant ajouta :
— Allons voir si la demoiselle est remise de sa peine de cœur !
Elle devait l'être, car nous l'avons aperçue en train de se trémousser avec un jeune homme dégingandé.
Au retour, nous nous étions longuement embrassés sur mon palier, puis je l'avais accompagné à son palier où nous avions de nouveau échangé des baisers. Il m'avait ramenée devant ma porte, là je l'avais doucement repoussé en lui disant que bientôt, je le laisserais aller plus loin…
— Quand ? Quand Hortense ?
— À ton retour d'Allemagne avec tes élèves !
— Pourquoi ce délai ?
— Ce sera l'été, nous profiterons des vacances toi et moi…
— D'accord, bonne nuit !
Je m'étais écroulée sur mon lit en chantonnant : « Une valse à mille temps… »

Cette nuit-là, j'avais rêvé de Lucien. Il portait sa blouse blanche, consultait dans son cabinet au rez-de-chaussée de notre maison. Je répondais au téléphone et notais les rendez-vous à domicile.

Il ne ménageait pas sa peine, mon Lucien, même après une journée de douze heures, il repartait en visites dans les villages avoisinants. Il se levait régulièrement la nuit pour une urgence ou un accident. Souvent je l'avais attendu avec une tisane réconfortante parce qu'il avait dû fermer les yeux d'un gamin ou d'un habitant du bourg... D'autres fois, il mettait au monde des bébés trop pressés d'arriver. Je me souvenais de cette boulangère qui avait pénétré dans le cabinet sans sonner. Elle hurlait : « J'accouche, j'accouche ! » Et c'était vrai. Je l'avais assisté et la petite Émilie avait débarqué moins de dix minutes plus tard. Le père avait fait une entrée fracassante, il était en tablier, couvert de farine de la tête aux pieds. Il criait, riait, m'embrassait, serrait Lucien dans ses bras. On avait dû lui dire de se calmer, car les patientes de la salle d'attente étaient complètement affolées.

Je voulais des bébés. Lui aussi. Après quatre fausses-couches, il m'avait dit que je devais penser à ma santé. Je n'avais jamais su ce qui n'allait pas chez moi... ou chez lui. Peu importe.
Juste après la naissance de ce bébé Émilie, j'étais montée en pleurant dans notre logis. Je ne pouvais pas m'arrêter. Lucien était arrivé deux heures plus tard, j'avais les yeux rouges et j'étais épuisée. Ce soir-là, nous étions restés blottis l'un contre l'autre sur le canapé. Nous n'avions pas mangé, nous avions besoin d'être ensemble, c'est tout. Il serait toujours là pour moi, je serais toujours là pour lui ! Et pourtant, il m'avait quitté l'année de mes cinquante-huit ans...

Gerhard

Il y avait beaucoup d'animations à Belfort, il se passait toujours quelque chose. Mon moment préféré c'était le week-end du Fimu, le festival international de musique universitaire. Durant quatre jours, notre quartier était sens dessus dessous, des estrades poussaient sur chaque esplanade, des barnums pour des bars ou de la restauration étaient montés aux quatre coins de la ville. Il soufflait un vent de gaîté et de folie, les bénévoles couraient en tous sens. Hortense et moi avions déjà sélectionné des concerts en commun. Un extrait d'opéra de Verdi au conservatoire et la messe du couronnement de Mozart à la cathédrale. De son côté, elle avait envie d'aller vers l'hôtel des impôts pour entendre du jazz, quant à moi, je me réservais quelques heures au pied de la scène rock, place de l'Arsenal. Cela commençait ce jeudi avec l'inauguration et quelques concerts par-ci, par-là. Mais nous avions décidé de rester ensemble et d'attraper quelques notes depuis sa terrasse. Fin mai, l'air est doux et nous allions souper en musique !
Je traversai l'éternel palier qui nous séparait.

La soirée fut délicieuse, nous avions ri, nous avions parlé de tout et de rien, un peu de nous aussi… Nous nous repûmes de mélodies, les chansons volaient au-dessus de nous, nous fredonnâmes des airs connus dont l'accompagnement parvenait jusqu'au balcon. Un groupe folklorique roumain était passé dans la rue, les musiciens nous ayant aperçus avaient joué trois morceaux. Nous les avions fortement applaudis. Quand la nuit tomba et que l'obscurité masqua les doux traits de mon amie, je retournai chez moi chercher une guirlande d'étoiles que j'installai autour de nous. Il y avait de la magie dans cet instant. Pendant le repas, j'avais tenu ses mains dans les miennes chaque fois que nous posions nos couverts. Au moment du départ, je l'avais prise dans mes bras et nous échangeâmes un long baiser. Il me tardait cet été, nous allions enfin vivre d'une manière plus cohérente. La plupart de mes compagnons de travail nous avaient entrevus ensemble. Souvent ils me demandaient des nouvelles de mon amie.

Dans quelques jours nous serions en juin, la fin d'année scolaire se profilait à l'horizon, mais auparavant le voyage-échange en Allemagne. Avec mes collègues, nous avions peaufiné la préparation, les accueils, les heures de cours, ceux de visites et de tourisme, ainsi que les temps libres des élèves. J'étais déçu, car une fille de ma troisième ne viendrait pas. Ses parents n'avaient pas accepté, j'eus beau leur présenter le projet en long et en large, les rassurer quant à l'encadrement… Ce furent des « non » catégoriques. Elle irait travailler dans une autre classe pendant ces cinq jours. Cette solution leur convenait tout à fait.

Je me sentais heureux depuis plusieurs mois, sans doute parce que j'étais amoureux ! C'était ce que me rabâchait

Édith, ma collègue professeure de mathématiques. Elle m'avait dit que j'étais rayonnant ! Rien que ça !

J'avais confié à Hortense que j'avais une demi-sœur et un demi-frère en Allemagne. Pour elle, nous devions aller les rencontrer, c'était une évidence !

Madame Gentil

Mais quel cirque ! Tous les ans c'était le même cirque, un week-end de tapage jusqu'à la nuit. Je ne pouvais pas ouvrir mes fenêtres, Pompidou était terrifié. Enfin, depuis mardi le calme était revenu.
Ce jour-là, c'était mon anniversaire, j'avais quatre-vingt-trois ans. Comme traditionnellement depuis des années, j'allais m'offrir un repas au restaurant. Toujours au même endroit, là où les petits chiens étaient acceptés.
J'enfilai mon tailleur vieux rose. Une copie d'un modèle Chanel de toute beauté, il était un peu chaud pour la saison, mais c'était le vêtement le plus chic que je possédais. La veille, j'étais allée chez la coiffeuse.
Mon Pompidou sous le bras, je traversai la place d'Armes.
Je rouspétai, car un gamin à bicyclette manqua de me renverser, la mère me jeta un regard noir. Je pensai : « Tiens-le, ton sale gosse ! » Je n'en avais pas eu des mômes, et j'en étais bien heureuse.

Quand j'avais rencontré monsieur Gentil, Marcel, j'avais vingt ans. Je marchais dans la rue Jean Jaurès pour acheter du pain. Il y avait eu un grand courant d'air et un genre de

calot avait atterri à mes pieds. Je le ramassai et au moment où je levai la tête, je vis un jeune militaire se précipiter vers moi.
— Mademoiselle, mademoiselle ! Oh ! Merci, charmante demoiselle, le vent m'a décoiffé ! Caporal-chef Gentil pour vous servir !
Il se mit au garde à vous. Je ris.
— Gentil, c'est votre nom ?
— Affirmatif, demoiselle. Marcel, c'est mon prénom. Je suis au 35e RI. On pourra se revoir ?
— Oh... Ou... oui, j'habite dans cette rue. Avec mes parents.
— Ah, oh, pas de problème, je vous inviterai au cinéma, vous voulez bien ?
— Oui, avec plaisir, je m'appelle Yvette Bertrand.
— Alors, au revoir Yvette !

Voilà. C'est comme cela que l'on s'était rencontré. Il était agréable, séduisant et séducteur. Mes parents furent conquis. Six mois après, il devint mon mari, il avait quitté l'armée et travaillait dans l'administration.
Un insatiable sexuel, un dépravé, un malade. J'appréhendais les fins de semaine, il me sautait dessus dès son retour. Il ne pensait qu'à « ça » ! À quatre pattes, debout, dans la baignoire, sur la table de la cuisine, par terre, je n'en pouvais plus. Je n'osais me confier à ma mère, je savais très bien ce qu'elle aurait répondu :
— C'est un homme, ma fille. Et c'est ton mari, fais ce qu'il te demande et tais-toi !
De plus en plus souvent, je cherchais des excuses : j'avais mal à la tête ; je me sentais mal ; j'avais mes règles, il détestait cette période du mois ; j'avais une sciatique... Je ne savais plus quoi inventer. Jusqu'à ce fameux jour où il avait ramené ce couple pour une orgie. C'était un grand

malade. Le lendemain de la partouze, j'étais allée à la SPA et j'avais adopté un chien. Mon premier, un genre de bichon, il s'appelait Voyou. Quand il était mort, monsieur Gentil m'avait dit :
— Stop, ça suffit, tu as eu ton clebs, il est fichu, n'en prends pas d'autres.

Mais je ne l'avais pas écouté, j'étais rentrée avec un autre Voyou... En 1974, au décès de Pompidou, mon troisième bichon venait de disparaître, alors j'eus un chihuahua à qui j'ai donné le nom de l'homme politique que j'adorais. Celui-ci était un Westie, c'était mon cinquième Pompidou ! Je me régalais. Mon petit chien était couché sur la chaise à côté de moi. J'appréciais ce restaurant, on y mangeait bien et le service était bien fait. C'était important, je ne supportais pas de devoir attendre des heures un plat que j'avais commandé. J'avais pris le menu le plus cher et une demi-bouteille de champagne accompagnait mon repas...

Durant mon adolescence, ma mère n'avait cessé de me répéter :
— Méfie-toi des hommes, ce sont tous des menteurs. Ils ne pensent qu'à une chose : coucher avec toi ! Il vaut mieux les craindre, crois-moi !

J'en avais peur. Monsieur Gentil fut le premier sur lequel je levai les yeux. À ce moment de ma vie, j'avais quitté ma mère qui résidait à la campagne, pour venir travailler en ville. Mon père était mort à la guerre. J'étais préposée au téléphone, enfin, téléphoniste à la grande poste de Belfort, faubourg des ancêtres. Je logeais chez ma tante, une vieille fille et la plus jeune sœur de maman. Elle avait vécu au couvent des ursulines pendant une dizaine d'années, puis avait décidé d'en sortir pour soigner ses parents. Lorsque ceux-ci moururent, l'un en 1937 et l'autre en 1939, elle dénicha un travail de couture dans un atelier et trouva un deux-pièces rue Jean Jaurès. Je dormais sur un genre de divan étroit et raide. C'était une femme revêche, acariâtre. Le soir, de retour à l'appartement, elle égrainait son chapelet ou mijotait un infâme ragoût que j'avalais en lui assurant que c'était délicieux ! Si par hasard elle parlait des hommes, c'était toujours avec de la haine dans la voix, son menton poilu se mettait alors à tressauter et ses yeux lançaient des éclairs. Et il avait fallu que je rencontre ce cher Marcel Gentil !

Pompidou dans les bras, je rentrai doucement, je me sentais un peu pompette !

Iris

Je la trouvais bien joyeuse ma tante Hortense depuis quelque temps ! Elle s'en défendait, mais elle était amoureuse, j'en étais certaine ! Je m'installai à sa table, à mes côtés, Clara, un peu intimidée. Nous discutions gentiment depuis deux heures, et, comme à l'accoutumée, le repas était excellent. J'avais besoin de poser une question, j'hésitai un moment, puis me lançai :
— Pourquoi n'as-tu pas invité Gerhard ?
Elle marqua un temps, interrompit son geste et répondit sans me regarder :
— J'avais envie d'un souper entre filles. Je crois qu'il est bien occupé ce soir dans ses dernières préparations de voyage. Encore un peu de tisane Clara ?

J'avais raccompagné mon amie jusqu'au bout de la rue, là où son scooter était garé. Nous nous étions embrassées passionnément sous un porche, je savais que les relations entre filles n'étaient pas acceptées par tout le monde, particulièrement dans ce quartier un peu vieux et bourgeois.

Hortense lavait la vaisselle à mon retour, je saisis un torchon et essuyai les assiettes.
— C'était délicieux Tantine, comme d'hab !
— Elle est charmante ton amie, je l'aime beaucoup !
— Moi aussi ! dis-je en riant. Elle n'a pas été gâtée comme moi. Je veux dire, elle n'a pas la chance d'avoir deux parents avec de bonnes situations. Son père est ouvrier, sa mère, aide familiale. C'est une bosseuse, elle souhaite devenir infirmière, sans doute en salle d'opération... Dis donc, Hortense, tu ne devais pas me raconter la suite de ton travail de nuit avec ta copine Noëllie ?
— Oh, il n'y a pas grand-chose à dire, nous avions la paix la nuit. On allait chercher les bébés les uns après les autres dans les chambres des jeunes mères et on les couchait dans leur casier ou dans des berceaux. C'était un travail plus calme, quelques biberons à donner, quelques prématurés à nourrir avec les sondes gastriques... Vers une heure du matin, la sage-femme nous téléphonait pour descendre vers elle casser une petite croûte. Je devrais dire mini-croûte voire micro. La responsable de cuisine préparait un chariot de collation pour trois... Écoute bien, il y avait deux tranches de jambon, deux vaches qui rit, parfois trois pommes, ou une seule, un yaourt que s'empressait de dévorer la collègue du bas, et du pain. Lisbeth, la fameuse sage-femme du bizutage nous montrait le plateau avec un air désolé. Je n'ai jamais su si elle mangeait tout avant notre arrivée ou si vraiment la cuisinière nous mettait au régime. Le comble, c'est que Madame déduisait consciencieusement le montant de la collation sur la paye !
— Mais je rêve ! Et tu ne disais rien ? Et ton amie non plus ? J'aurais fait un de ces esclandres dans cette boîte ! Quelle bande de pourritures !
— Une nuit, on avait tellement faim avec Noëllie que nous étions allées subtiliser la clé de la cuisine près du lit d'une

des filles. Elle dormait, on est entrées sur la pointe des pieds pour prendre le trousseau. Je ne te raconte pas la peur que nous avions. On a ouvert l'office, sur un plan de travail, il y avait une cinquantaine de brioches pour le petit déjeuner du dimanche. On en a attrapé deux, refermé la porte, remis les clés à leur place. On est monté déguster les gâteaux avec un café… Le régal ! Le lendemain, il paraît qu'il y avait eu un scandale, la cuisinière soupçonnait les petites aides de les avoir prises à la fin de leur service. Tu penses bien qu'on n'a jamais rien dit. Une autre fois, on est retourné voler des victuailles, mais même les réfrigérateurs étaient bouclés. On a réussi à piquer de la glace à la pistache, c'est tout ce qu'il y avait !

— Il y avait de quoi se syndiquer là-dedans, purée, quelle époque !

— Je me souviens que la fameuse Lisbeth, qui était une garce, quittait sa salle après nous avoir appelées. Nous descendions par l'escalier pour la rejoindre, pendant ce temps, elle montait à la pouponnière par l'ascenseur. Elle sortait un nouveau-né d'un casier et le posait sur le sol, juste en dessous, comme s'il était tombé. Elle trouvait ça très drôle, je lui ai dit qu'un bébé de deux jours qui dégringole de son couchage avec un oreiller sous la tête pour amortir sa chute, je n'y croyais pas trop. Elle avait fini par arrêter.

— Tu parles d'une blague ! Elle n'était pas un peu folle, cette femme ?

— Si, sans doute. D'autres fois, on avait la visite de Madame et Monsieur qui débarquaient vers minuit. En tenue de gala, ils étaient sortis au théâtre ou au concert et passaient « pour voir si tout allait bien », nous n'étions pas dupes, on connaissait leur technique, ils sonnaient au portail d'entrée, si on tardait pour ouvrir, on se faisait copieusement engueuler : « Tu dormais ? Pourquoi mets-tu autant de temps ? Tu ne dois pas dormir ! ». Pareil quand ils

déboulaient du bureau de Monsieur, si on n'était pas au garde-à-vous, même refrain ! Fliquées ! — Attends, je prépare de la tisane, tout cela me donne soif !
— Oh, j'en veux bien, juste une petite tasse, s'il te plaît !
— Mais tu sais, on avait de très bons moments, Noëllie et moi. Les aubes sur le balcon, à fumer une cigarette en observant le lever du soleil. Aussi lorsque tout est silencieux et que doucement tu vois les fenêtres s'allumer dans les immeubles alentour... Certaines nuits, nous étions débordées. S'il y avait des accouchements, des césariennes ou autres... Hem...
— Quoi d'autre, Tantine, pourquoi ce grattement de gorge ?
— Sais-tu en quelle année passa la loi sur la dépénalisation de l'avortement ?
— Mmm, je l'ai apprise cette date... En... 1975, je crois.
— Exact, nous étions en 1971. Monsieur pratiquait allègrement des interruptions de grossesse... illégales ! Nous avions pour ordre d'accompagner les femmes vers la sortie, avant le lever du soleil et de leur donner une plaquette de pilules. On nous avait sermonnées : ne pas demander de nom, ne pas faire de commentaires, se contenter de leur ouvrir la porte et de vérifier si une voiture les attendait à l'arrière du bâtiment ! La fameuse Lisbeth leur disait des injures, histoire de bien les plomber et les culpabiliser !
— Après tout, c'était mieux de faire ça médicalement plutôt que de mourir entre les pattes d'une faiseuse d'ange !
— Oui, tu as entièrement raison, sauf que ces femmes qui venaient avaient de l'argent. La plupart étaient des épouses de médecins ou filles de personnes très en vue en ville. C'était un acte très lucratif... Et les autres, les plus pauvres pouvaient bien aller se faire charcuter n'importe où !
— C'est horrible, Tantine.

— Mais quant au milieu de la nuit, j'étais appelée pour assister le médecin lors d'une césarienne, je flippais, c'est ça que vous dites ? Je détestais ça. Monsieur me malmenait, m'aboyait dessus, et je tremblais comme une feuille. Je n'étais pas préparée à ce genre d'intervention. Oh, sais-tu ce que l'on faisait, Noëllie et moi durant les gardes d'hiver ? Il faisait un peu frais dans la pouponnière, et la fatigue aidant, nous frissonnions. On s'emparait d'un ou deux bébés emmaillotés et on les calait sur nous, c'étaient d'adorables petites bouillottes vivantes. Ils dormaient, on somnolait !

— Un câlin « thermolactyl » en quelque sorte ! N'empêche, ta clinique, c'était du grand n'importe quoi ! Je vais prendre une douche et me coucher ! Merci pour cette super soirée, je t'aime beaucoup !

J'embrassai Hortense et filai dans ma chambre. J'avais fait des cauchemars étranges et sanguinolents toute la nuit…

Morgane

Je me sentais mieux. Rien n'était terminé. Mais je respirais. Enfin. J'étais allée au commissariat avec mes parents. Ils avaient tenu à m'accompagner tous les deux. Après la longue discussion chez papy Nino, après les cris et les larmes, était arrivé le temps de la revanche. De la vengeance. Maman avait beaucoup pleuré. Au tout début, elle m'avait traitée de menteuse, elle avait ajouté que ce n'était pas possible, que les évènements m'avaient perturbée au point que je racontais n'importe quoi. Mamie s'était énervée. Quand ma mère s'était levée en hurlant que je disais des âneries, elle l'avait poussée sur la chaise pour qu'elle écoute mes explications. J'avais pris un calendrier de l'année dernière et ils s'étaient souvenus...

Mes parents désiraient fêter leurs quatorze années de mariage, aussi avaient-ils réservé une table en amoureux dans un restaurant de Belfort. Maman avait donc fait appel à son demi-frère pour qu'il passe la soirée avec moi. Pizza, coca et vidéos au programme. Il avait toujours été sympa avec moi, cool, quoi. Comme d'habitude, il jouait au copain protecteur : tu es bien ? Tu n'as pas froid ? On avait rigolé,

regardé You Tube. Le livreur était arrivé, j'avais discuté un moment avec lui. Sylvain avait crié qu'il allait chercher les boissons à la cuisine. Nous avions mangé, j'avais avalé la moitié de ma canette, je n'avais pas vu la fin du film tellement j'étais crevée. J'avais fait une bise à Sylvain et j'étais allée m'écrouler sur mon lit, si fatiguée que j'étais comme saoule. J'avais émergé le lendemain matin. J'avais envie de vomir et une forte migraine. Maman avait pensé que les garnitures de pizza n'étaient pas fraîches. J'avais passé la journée dans un brouillard désagréable et en plus j'avais mal en faisant pipi.
— Sans doute une infection urinaire, avait annoncé ma mère. Tu as dû prendre froid hier !
Fin de l'aventure. Je n'avais pas d'infection urinaire et je reste persuadée d'avoir été droguée par ce sale type.

Voilà ce que maman ne voulait pas accepter. Elle savait pourtant que Sylvain n'était pas quelqu'un de bien, elle m'avait souvent raconté ses frasques et même son passage en taule. Mais elle était très attachée à lui, il faisait partie de son enfance et cette histoire brisait toutes ses croyances. Papa l'avait beaucoup consolée. Elle n'y était pour rien. J'avais bien remarqué qu'ils se sentaient responsables de ce qui était arrivé. Il avait trahi notre confiance à tous. C'était un faux-cul ! Maintenant, je souhaitais qu'il aille en prison. Je ferai tout pour que sa vie soit foutue, comme il avait fichu en l'air la mienne. Et qui dit qu'il ne recommencerait pas ? Un gars qui se baladait avec de la drogue dans les poches, franchement ! Les flics pensaient que j'avais eu du GHB en forte dose puisque je m'étais endormie rapidement. Ils recherchaient Sylvain, il avait disparu depuis un long moment. Il avait quitté son travail un jour sans vraiment donner d'explication à son patron. Une enquête était ouverte. J'espérais qu'ils le retrouveraient. Ma copine Julia

m'avait énormément aidée. Quand j'avais été sûre du coupable, elle m'avait serrée dans ses bras en me disant que j'étais une fille courageuse. Courageuse, je ne sais pas. Je faisais des efforts, je m'intéressais à Nino. C'est moi qui lui donnais son repas du soir. L'autre jour, il avait ri aux éclats en me regardant. Papa avait renchéri :
— Ah, tu vois, lui aussi trouve que tu as une bille de clown !
J'avais rigolé et tout le monde était hilare. Du coup, bébé avait mis sa main dans son assiette en faisant le petit fou. Je ne réalisais pas. Il ne pouvait être sorti de moi, ce n'était pas possible ! En plus, je ne pouvais me mentir, il était parfait ! Ses yeux noirs mobiles et rieurs, ses cheveux bouclés et doux comme de la soie ! Il était très mignon. Pour moi c'était un petit frère, pas mon bébé, pas mon fils... Je ne savais pas si je parviendrais à me sentir mère...
— Ne t'inquiète pas, chaque chose en son temps, disait maman.
La psy aussi me rassurait pendant les séances. Elle pensait qu'il faudrait des années pour que je sorte de tout ça.

— Tu vois ce que tu avais fait, pauvre con, salaud !

Astrid

Iris avait présenté Clara à Hortense. Je me sentais un peu humiliée. Pourquoi ma fille ne m'avait pas demandé à moi, sa mère, si son amie pouvait venir ? J'étais tellement... vexée l'autre jour que j'en avais parlé à Bénédicte au téléphone. On s'appelait de plus en plus souvent. Elle était beaucoup plus enjouée. Maxime allait bien, il était enfin dans une institution où il se plaisait. Cela lui laissait plus de temps pour ses loisirs et ça se sentait dans sa voix. Elle projetait même de venir faire un tour en France, pour revoir Hortense et moi, sa petite sœur. Alors quand je lui avais révélé mes sentiments par rapport à Iris, elle avait éclaté de rire.
— Mais tu es jalouse, ma parole ! Oh, ma sœurette, que c'est drôle ! Souviens-toi de ta réaction à l'annonce qu'elle a faite, son coming-out ! Tu as pleuré et soutenu qu'elle se trompait, qu'à son âge, on a besoin d'expériences...
— Oui, je sais... Je me suis rattrapée depuis !
— Astrid, ça va venir. Elle va vous la présenter sa Clara, ne rumine pas !

Étienne le pensait aussi. Laissons le temps au temps. N'empêche, je croyais bien être jalouse de ma Tantine. Elle profitait de la présence de ma fille et j'appris qu'elles se racontaient beaucoup de choses. Iris m'avait confié qu'Hortense lui narrait ses expériences professionnelles. Je n'en avais jamais rien su, moi. Voilà, j'étais encore envieuse ! C'était nul ! Quand je parlais de tout ça à Étienne, il se moquait gentiment de moi.

— Hé, madame la professeure de yoga, tu manques de zénitude !

Et il avait raison. Je devais aller méditer et préparer les séances de la semaine suivante.

Il m'était arrivé une aventure amusante l'autre jour. J'avais décidé de faire des cours de découverte pour les personnes qui n'osaient franchir la porte de ma salle. J'étais heureuse, il y avait une dizaine de candidats potentiels pour la rentrée de septembre. À la fin de l'heure, après le salut namasté, une femme tout en noir s'approcha de moi. Je m'enquis de ses ressentis. Elle s'empressa de répondre :

— Oh, c'est très bien. Vraiment. Mais je ne m'inscrirai pas, car on respire trop !

Je restai bouche bée, partagée entre l'envie de m'esclaffer et celle de me fâcher. Je tournai la tête et aperçu Nicole, une habituée qui m'observait. Elle était hilare et manifestement se retenait pour ne pas hurler de rire.

J'avais déjà entendu beaucoup de remarques : « C'est trop dur, je ne suis pas assez souple, les postures sont infaisables... » Mais jamais que l'on respirait trop. Peut-être devrais-je tenter une séance en apnée !

Valère arrivait, trop tard pour le travail, il allait sans doute avoir une faim de loup !

Chapitre 11

Juin
Hortense

Gerhard partait en Allemagne dans huit jours. Il m'avait envoyé un message ce matin, il allait faire des courses en ville et aurait aimé que je l'accompagne.

Nous traversâmes la place d'Armes main dans la main. J'avais décidé de ne plus me cacher avec lui. Le soleil chauffait déjà très fort, je regrettais de n'avoir pas pris mon chapeau. Des adolescents discutaient, ils étaient assis sur les marches de la cathédrale. Nous happâmes quelques bribes de leur conversation. Un grand chevelu assurait avec véhémence :
— Tu verrais la bombasse, un vrai avion de chasse !
Un plus petit, cigarette au bec, confirma :
— Ah ouais, grave !

Je marquai un temps d'arrêt, sidérée par ce langage dont j'ignorais toute la sémantique. Gerhard sourit en m'expliquant que cette manière de parler ne s'étudiait pas au collège, même si elle circulait largement entre les cours ! Il me donna quelques indices : wesch, askip, boloss. J'appris ainsi qu'une tchoin était une fille facile, yolo,

c'était un peu notre carpe diem, zoner dans le tieq, calculer quelqu'un, bicrave, balec, zdeg, bédave… Je perdis le fil, et déclarai forfait ! Nous éclatâmes de rire en nous dirigeant vers la rue piétonne, car un grand gaillard en roller me frôla.
Il parlait au téléphone : « Prends ta gova, mec ! Nan !! J'suis grave yomb, mec »

J'appréciais ces moments avec mon ami. Nous devenions de plus en plus attachés l'un à l'autre, nos baisers étaient tendres et fougueux à la fois. Il me respectait et chaque heure avec lui était précieuse. Nous mangeâmes un délicieux tajine dans un restaurant marocain. Au moment du café, il ne lâchait plus mes mains.
— Je n'ai plus envie de partir avec mes élèves… Je voudrais rester près de toi !
— Une semaine, ça va passer vite et on s'appellera tous les soirs, tu me raconteras ta journée… et moi la mienne !
— T'emmener danser, marcher avec toi, c'est tout de même plus agréable que d'accompagner des adolescents ingrats qui vont râler chaque jour un peu plus ! Ils vont trouver que la nourriture est nulle, que l'on visite trop de monuments, que les cours sont trop difficiles, que l'on fait trop de sport !
— Eh bien, ça promet !
— Crois-moi, j'ai l'habitude de ce genre d'échanges. Et au retour, j'aurai les reproches des parents : Il a perdu un kilo, elle a égaré son blouson griffé machin-chose, ses boucles d'oreilles, etc.

Nous décidâmes de nous téléphoner chaque fin de journée vers dix-huit heures.
Il faisait presque nuit lorsque nous rentrâmes, les heures avaient filé trop vite. Entre le lèche-vitrine, les achats de matériel pour sa classe, les flâneries, les arrêts restaurants et cafés, je n'avais pas vu le temps passer. Pour une fois,

nous empruntâmes l'ascenseur et je me calai contre sa large poitrine les yeux fermés. Je respirais son odeur, eau de toilette légèrement épicée et qui lui seyait parfaitement. Au moment où les portes s'ouvrirent, madame Gentil me bouscula en tenant son Pompidou contre elle. Elle n'eut pas un regard pour Gerhard ou moi, avait l'air complètement affolée et apeurée. Gerhard bloqua les ventaux avec son bras :
— Que se passe-t-il, madame Gentil ?
— C'est Pompidou, il ne va pas bien, il respire mal, je l'emmène chez le vétérinaire, mais je ne sais pas s'il y a encore des bus !
— Je vais vous conduire, si vous voulez !
— Je… Oui, s'il vous plaît !

Gerhard m'embrassa et s'engouffra à son tour dans la cabine. Je m'installai devant la télé en attendant leur retour. Pompidou allait mieux, il n'avait rien de grave, ce petit glouton avait un os minuscule coincé au fond du palais. Le vétérinaire réussit à l'enlever sans faire de mal à l'animal. Et sans se faire mordre, ajouta mon ami.
Je perçus le grincement de l'ascenseur et je patientai sur le palier. Madame Gentil était rassurée, mais très fatiguée. Elle remercia Gerhard, presque chaleureusement, et nous souhaita une bonne soirée. Pour ma part, j'avais très envie de me coucher, la journée en ville avait eu raison de mon énergie !

Pascale

J'étais en larme en arrivant chez Hortense. Elle avait ouvert la porte, avait juste prononcé : « entre », elle m'attira au salon, répéta : « assieds-toi ! »
— Que se passe-t-il, Pascale ? Pourquoi pleures-tu ? Oh, je te tutoie, après tout, tu pourrais être ma fille !
— Julia m'a beaucoup parlé hier soir, elle a décidé d'aller dans un lycée spécialisé en bijouterie-joaillerie... Elle a préparé son dossier pour Morteau !
— Mais c'est magnifique ! Elle sait déjà ce qu'elle veut faire, je trouve ça génial !
— Mais elle sera interne ! Je vais être toute seule ! Elle pleure et renifle.
— Pascale, Pascale, tu n'es pas seule ! Tu viens ici quand tu en as envie, je fabrique d'excellents gâteaux au citron ! Je ris. Elle poursuivit :
— D'ailleurs, c'est l'heure du thé et j'ai, à la cuisine, une moitié de biscuit qui ne demande qu'à être dévorée !

Je me levai pour passer mon tablier, mais Hortense m'ordonna de me rasseoir. Je balbutiai :

— Je dois faire le ménage, c'est le jour des vitres, je vais…
— Ta ta ta ! Rien du tout ! Les carreaux attendront la semaine prochaine.
Elle revint avec un plateau. Je me calmai et avalai doucement la boisson brûlante.
— Julia est une jeune fille volontaire, elle sait ce qu'elle veut, je trouve ça formidable !
— Oh oui, elle est comme Manon. En seconde, elle parlait déjà d'être sage-femme.
— Et Morteau n'est pas si loin, elle rentrera les week-ends !
— Bien sûr, mais passer les soirées seule, ça me fait peur.
— Tu as raconté à Manon ce que tu ressentais, tes inquiétudes, ta solitude, tout ça ?
— Oh non. Elle va stresser, et puis elle a suffisamment de soucis dans ses études.
— Astrid ne t'a jamais proposé de venir à un de ses cours de yoga ?
— Si, mais je n'ose pas. J'ai peur d'être ridicule, je ne suis pas souple du tout !
— Ah, moi non plus, et pourtant, j'y vais depuis des années ! Ça te dirait d'essayer ? Quand j'y suis, ainsi tu ne seras pas seule !
— D'accord ! Je m'y mettrai à la rentrée ! Vous êtes tellement gentille, Hortense. Vous savez, je n'étais pas réservée comme aujourd'hui, avant… Je veux dire, avant que mon mari ne m'abandonne avec deux fillettes… J'étais même douée pour beaucoup de choses. J'ai un DUT Information-Communication. Mais mon ex m'a interdit d'aller au bureau. Pour lui, une femme qui travaille signifie qu'un homme ne gagne pas bien sa vie. Alors maintenant, je ne suis plus dans le coup. Je ne vaux plus rien. Quand il est parti, j'ai essayé de trouver un job en phase avec mon métier, mais personne n'a voulu de moi. « Vous n'avez pas d'expérience professionnelle, je ne prendrai pas de

risque ! » Chez « Tounet », on ne me réclamait rien ! Mais depuis que je travaille pour les gens comme vous, je suis heureuse !

Je tentai de m'extraire du fauteuil, Hortense sourit et en clignant des yeux, elle ajouta :
— Tu n'as pas de chance, c'est un siège d'où l'on ne sort pas ! Attends, je t'aide. De toute façon, il n'y a rien à faire ici, j'ai fait le repassage ce matin, les carreaux patienteront jusqu'à la semaine prochaine. Et j'avais envie de boire un thé en bonne compagnie.
– J'ai compris. Merci pour tout. Mmm, il faudra me donner cette recette de gâteau, je le préparerai pour les dimanches ! Vous m'avez fait tellement de bien, Hortense. J'avais aussi besoin de parler. J'ai eu tellement d'inquiétude pour ma Julia. Son amie, vous savez, Morgane, la petite qui a eu un bébé... Elle allait très mal, et cela déteignait sur ma fille. Elle avait peur de tout, ne voulait plus sortir. Pour elle, les garçons étaient tous de potentiels violeurs. Un soir, j'ai essayé de la rassurer en lui parlant de son père, qu'il n'était pas ainsi... Elle s'est levée en hurlant :
— Oui, il ne viole pas les femmes, lui, il les quitte ! Mauvais exemple, maman ! Tu as tout faux !
Je me suis retrouvée au milieu de ma cuisine, en larmes, et Julia, enfermée dans sa chambre, pleurait sur le lit. J'ai appelé Manon à mon secours. Elle était venue aussitôt, s'était entretenue avec sa sœur. On n'avait jamais reparlé de ça depuis. Morgane allait mieux, du coup, Julia aussi !

Morgane

J'avais peur. J'avais reçu un appel du commissariat. Ils avaient localisé le type, le violeur. Maman pleura longtemps avec moi. On était assis, papa, maman et moi sur le canapé. On chuchotait. Papa caressait mes cheveux, maman me serrait dans ses bras. On était une vraie famille. On aurait pu rester des heures à se câliner, consoler, bercer, si Nino n'avait pas crié. Je m'étais levée pour aller le chercher. Tantôt, je le couvrais de baisers, je le chatouillais, je mordillais son cou tout chaud, et parfois, j'avais envie de le frapper, de tirer ses boucles brunes. J'en avais parlé au psy. Il m'avait répondu que c'était normal. J'aimais le bébé parce que c'était un bout de chou craquant, mignon, mais je le détestais pour ce qu'il représentait et à travers lui, c'était le père violeur que je voulais atteindre. J'espérais que ça ne durerait pas longtemps. Et si un jour je faisais du mal à Nino ? Si dans une crise de haine, je le tapais et le blessais ? Le psy me rassura. Le travail que l'on faisait ensemble m'aiderait à ne pas passer à l'acte !

J'avais décidé de m'inscrire au lycée Follereau en section scientifique. Papa était fou de joie. Moi, j'étais triste parce que ma Julia allait partir dans le Haut-Doubs, elle voulait créer des bijoux. C'était une artiste, elle fabriquait déjà des bagues et des boucles d'oreilles. Elle m'avait offert des pendants perles violettes et chaînettes ravissants. Mais elle ne serait plus avec moi le mercredi... Terminées, nos confidences ma tête sur son épaule ! Quand je lui avais abandonné mon chagrin, elle avait répliqué qu'on se ferait des « Skype » tous les soirs. Elle m'avait aussi avoué que sa mère était peinée de la voir partir, mais elle pensait à sa vie et à son avenir. Elle préférait ne pas en parler à son père parce qu'un jour elle lui avait annoncé qu'elle adorerait être créatrice de bijoux, il lui avait hurlé dessus : « Ce n'est pas un vrai métier, c'est bon pour les hippies sur les marchés du Sud ! »

N'empêche que depuis le coup de fil des flics, j'avais des maux de ventre. Est-ce qu'il irait en prison ? Et si en sortant il voulait se venger ? Ou nous prendre Nino, après tout, c'était son fils ! Ça tournait en boucle dans ma tête. Je faisais des cauchemars depuis plusieurs nuits, j'étais angoissée et je me réveillais en hurlant. Papa arrivait toujours en courant et me consolait, il restait jusqu'à ce que je m'apaise. Mes parents m'assuraient que ça s'arrangerait après le procès. Maman promettait que tout allait bien se dérouler. Comme j'étais mineure, ils se rendraient au tribunal à ma place. Au collège, certains garçons me faisaient la gueule à cause du test ADN. Vincenzo m'attendit un soir vers l'arrêt de bus, il m'agressa en hurlant que j'étais trop moche et que jamais il ne coucherait avec une fille aussi laide. Heureusement, monsieur Fromm, le professeur d'allemand passait par là, il l'avait sermonné et était resté avec moi jusqu'à l'arrivée de l'autobus.

Il me tardait d'être en vacances, Julia viendrait avec nous sur la Côte, on profiterait un maximum avant la rentrée au lycée !

Sylvain

La prémonition. Je savais que ça existait, je l'ai lu sur internet. J'apercevais des voitures de la gendarmerie circuler sous mes fenêtres depuis deux jours. Un flic avait demandé à l'hôtelier si je logeais chez lui... Depuis, j'avais un mauvais pressentiment et un point d'anxiété au niveau du plexus. J'avais fait le con. Et la fameuse épée était à deux doigts de se casser la gueule sur moi. J'avais pensé à fuir, partir plus loin. Mais je ferais toujours des cauchemars. Avec mes imbécillités, j'avais tout perdu. L'amitié de Sabine et de son mari... et surtout de Morgane.

Un mercredi, Sabine m'avait demandé si cela m'ennuyait de rester le samedi soir suivant avec sa fille. C'était leur anniversaire de mariage et Diégo avait réservé dans un restaurant de Belfort. C'était là que j'avais merdé. Le jour même, j'avais retrouvé Kamel, Kévin et Idriss aux Résidences. On avait été boire un coup et Kam avait raconté qu'un week-end, il s'était tapé une nana après l'avoir droguée.

— C'est génial, c'est un peu comme si elle était consentante vu qu'elle est dans les vapes ! Faut pas en mettre de trop sinon elle roupille, c'est nul.
— T'en as encore de ton truc, là ?
— Du GHB ? Grave que j'en ai mec, tu en veux ? ajouta-t-il en riant. T'as un projet ?
— Ben, peut-être, ouais !
Et il m'avait filé le poison. J'avais tout prévu dans ma tête. Ça s'était déroulé comme j'avais rêvé, sauf la dose dans le coca. J'en avais trop mis, elle s'était endormie illico. Pour moi, je ne l'avais pas violée... C'est ce que je me disais pour me donner bonne conscience. J'avais fait doucement. Tout. Même qu'après, je l'avais lavée et lui avais enfilé son pyjama. Elle était si mignonne et si confiante...

Je rangeai ma voiture sur le parking. J'allais marcher. Ou courir. Je partis en direction de la promenade du tour du lac. Il y avait du monde, il faisait beau. Des familles, des jeunes, des gamins. Ça rigolait et ça criait aussi. Finalement, je démarrai en petites foulées, besoin de m'éloigner des gens. J'évitais les souches et je jetai un œil distrait sur les eaux calmes. Le soleil leur donnait un éclat scintillant. Je songeai à ce poème de Lamartine : le lac. Je me souvins d'un instituteur, en CM1 je crois, qui était particulièrement à l'écoute. Lorsque j'ânonnais ces vers, comme un moulin, il me reprenait gentiment en m'expliquant le sens du texte. Encore et encore. Je finissais par mettre le ton et j'avais un grand plaisir à réciter et à subjuguer mon auditoire.
Il m'en reviennait quelques passages :

« Ô lac ! L'année à peine a fini sa carrière,
Et près des flots chéris qu'elle devait revoir,
Regarde ! Je viens... »

Je ne savais plus. Et puis, j'avais trop peur. Non, décidément, mon esprit n'était pas à la poésie.

En une heure, je bouclai ma course, j'achevai au sprint. J'ignorais ce qui m'avait pris. Besoin de me débarrasser de ce paysage trop doux ? D'en terminer au plus vite ?

Les gyrophares lançaient leur lumière crue. Au moment où je les aperçus, je me bloquai net. Mon cœur aussi s'arrêta. Un gendarme, jeune, mince et la mine sévère, s'approcha de moi :
— Vous êtes Sylvain Cartier ?
— Oui.
— Vous voulez bien nous suivre, nous avons quelques questions à vous poser !

Comme un con, j'allais tendre mes poignets, j'avais vu ça dans les séries télévisées. Le gars fit comme s'il n'avait pas remarqué mon geste, il ouvrit la portière de la voiture de service. Je m'assis. Les gendarmes démarrèrent. Je fermai les yeux et je pleurai.

Hortense

Ariane m'avait téléphoné, elle était inquiète, Jean avait dû être hospitalisé. Le cœur. Il était fragile depuis plusieurs années, mais les médecins avaient annoncé que cette fois-ci il aurait besoin d'un pacemaker. Nous avions longuement discuté. Je lui avais proposé de venir lui tenir compagnie, mais elle ne tenait pas à ce que j'entreprenne ce voyage. Peut-être plus tard m'avait-elle dit.

Thérèse était assise face à moi sur la terrasse. Nous déjeunions toutes deux. Depuis quelques mois, nous nous rencontrions plus fréquemment. Son mari était décédé l'an passé et elle renouait avec ses anciennes amies. Il fut une période où nous nous fréquentions beaucoup. Son époux était médecin généraliste à Belfort, Lucien et lui s'entendaient à merveille. Pendant quelques années, nous étions même allés ensemble sur la presqu'île de Quiberon pour de délicieuses vacances. Marches, dégustations de coquillages et de poissons, baignades, visites touristiques, nos trois semaines annuelles résonnaient de rire et de bonne humeur !

Deux années sans se voir, hormis aux obsèques de Jacques, elle paraissait plus joyeuse, plus dynamique, j'en étais ravie. J'hésitais à lui parler de Gerhard, comment allait-elle réagir ? Avec Lucien, nous étions presque une seule entité… Je craignais qu'elle ne comprenne pas cette relation et critique mon choix.

Elle mangea soudain en silence, sourit, s'interrompit et déclara :

— Tu ne me causes pas de ton voisin ? Il paraît cependant qu'il tient une certaine place dans ta vie ?

— Eh bien…

Je rougis, je sentis que j'allais bafouiller et je me retrouvai dans la peau de la jeune Hortense face à Monsieur à la clinique. Comme prise en défaut.

— C'est… Qui t'a parlé de nous ?

— Mauricette, ma voisine, tu sais, elle travaille au bar des sports et vous a vu deux ou trois fois, main dans la main. Elle a ajouté qu'il est plutôt bel homme ! Alors ? Arrête de rougir comme une pivoine. Penses-tu qu'à ton âge, après ces années de veuvage, une relation passionnée t'est interdite ?

— C'est que, on en est qu'au début, et…

— Bon sang, tu es amoureuse ! Profite ! Qu'attends-tu ? D'être plus flétrie ? Pire, d'être morte aussi ? Quand Jacques est décédé l'an passé, ma vie s'est écroulée. Puis les jours, les semaines, les mois se sont suivis, et j'ai levé la tête un matin en songeant que mon cœur battait toujours, mes jambes continuaient à me porter et ma fois, ma tronche était encore regardable…

— Je confirme, tu es très jolie, Thérèse !

— Moi, je vais te dire, si un beau prof d'allemand ou d'italien, tiens, j'adorerais un Italien, passe devant moi, je l'accroche et ne le lâche pas ! Tu as compris ?

— Capiche ! Alors oui, chère Thérèse, je suis amoureuse et ça me rend heureuse !
— J'espère bien le rencontrer !
— À son retour d'Allemagne, il part après-demain.
— Tu sais, on a eu des maris merveilleux. Mais ils ne sont plus là et nous, si. On a encore quelques années devant nous, ne les gâchons pas ! Ma fille m'a présenté le frère de son beau-père, il est veuf depuis cinq ans. Mais, bof, ça n'a pas matché. Il est, comment te dire égocentrique et un tantinet hypocondriaque. En l'espace d'un repas, j'ai appris qu'il avait du diabète, que le melon lui filait la diarrhée, les morilles, des gaz, qu'il avait des varices et beaucoup d'arthrose ! Un état des lieux déplorable.

Elle rit et poursuivit :
— Tu as raison d'en prendre un plus jeune et plus robuste !
Elle consulta sa montre :
— Oh, déjà seize heures, je vais y aller, je dois récupérer Célestine à la sortie de l'école !
— Quel âge a-t-elle, cette petite poulette ? Il me semble qu'elle vient de naître !
— Six ans en septembre ! C'est un véritable amour.

En débarrassant la vaisselle, je songeai à notre conversation. J'avais tant hésité avant de me lancer dans cette relation. J'avais peur. Peur du qu'en-dira-t-on, peur de cette différence d'âge, peur que mon corps ne s'accorde pas avec celui de Gerhard. Des peurs intimes que Thérèse avait balayées d'un coup de baguette magique !

Iris était rentrée. Fatiguée. Je lui trouvai les yeux cernés et lui en fis la remarque.

— J'ai mal dormi la nuit dernière et j'ai beaucoup de révisions. Je suis crevée, Tantine. Si cela ne t'ennuie pas, je mangerai un peu de ta salade composée et au lit !
— Tu n'as pas de souci, ma chérie ? Tout va bien ?
— Parfois, j'ai peur de ne pas y arriver et je me mets la pression. Même Clara me conseille de lâcher un peu. Demain, je passe chez les parents, ça me fera du bien. Papa doit regarder mes dents, j'ai une canine qui me chagrine !
— Quelle chance tu as d'avoir un père dentiste !

Gerhard

Je n'en revenais pas ! Estomaqué ! J'avais à peine lâché mon cartable sur mon bureau, je m'apprêtais à sortir sonner chez Hortense quand j'entendis gratter, ou du moins, frapper timidement à ma porte. J'ouvris et me retrouvai devant madame Gentil qui avait son Pompidou dans les bras. Elle le posa au sol et me tendit un sac en papier.
— C'est pour vous remercier de votre amabilité. Vous avez été d'une grande aide, l'autre soir. Vous pourrez les déguster avec madame Belvue !
— Oh, merci, il ne fallait pas, c'était normal ! Il va bien à présent, Pompidou ?
— Oh oui, très bien. Je n'ai toujours pas compris comment ni où il a pu dénicher cet os !
— Vous passez souvent par la grande rue ?
— Oh, presque tous les matins !
— J'ai remarqué que certains restaurants du coin laissent des restes pour les chats du quartier…
— Ah oui, vous avez raison, je serai plus vigilante, dorénavant !

Et nous voilà sur le canapé, Hortense lovée contre moi, nous regardions le polar du soir en dégustant de fameux chocolats.
Je lui confiai que, décidément, je n'avais pas envie de la quitter lundi. Elle rit en déclarant que le devoir m'appelait et que rien ne servait de résister. Elle ajouta :
— Plus vite parti, plus vite revenu !
Nous nous séparâmes au mot « Fin » sur l'écran. Le lendemain, je devrais préparer mes bagages, mais j'avais réservé mon dimanche pour emmener ma belle au saut du Doubs. Profiter de ce soleil annoncé pour explorer un superbe lieu.

La météo était radieuse, il y avait un peu de monde sur le chemin qui menait à la cascade. Nous descendions tranquillement, sa main dans la mienne. C'était la première fois que je visitais cet endroit. Hortense m'avait répété que ce lieu était magique. Et c'était vrai. Le bruit de la chute couvrait mes paroles. Les dernières pluies avaient nourri le Doubs. Le site était grandiose. Quelques chiens aboyaient en se croisant sur le sentier. L'un d'eux m'impressionna. Heureusement, le maître, un malabar d'au moins deux mètres le contrôlait avec force et autorité.
Nous pique-niquâmes dans un champ un peu plus haut. Les vaches, passives, nous observaient et s'éloignaient dans un tintement de cloches. Nous ne désirions pas bouger. Épaule contre épaule, nous admirions ce paysage vert du Haut-Doubs. Il était tard lorsque nous prîmes le chemin du retour. En nous séparant, j'eus un coup de cafard. Pas envie de quitter cette femme. Elle était ce qui m'arrivait de plus beau depuis des années. Je me couchai heureux et triste à la fois. Je savais que le lendemain, je vivrais l'effervescence des voyages scolaires et j'assumerais mes responsabilités auprès de cette ribambelle d'adolescents.

Hortense

La veille au matin, j'avais accompagné Gerhard à la gare TGV. Il pensait partir avec sa collègue, mais fut heureux au moment où j'insistai pour prendre ma voiture. Je n'entrai dans le bâtiment, je n'avais pas envie de croiser les autres enseignants ou les parents d'élèves. Nous nous étions dit au revoir dans le véhicule. Un baiser long et tendre et quelques caresses prometteuses… Puis, juste avant de fermer la portière, il avait murmuré : « Je t'aime » et il s'était éloigné avec sa valise. À mon retour dans l'appartement, je me retrouvai seule. Il y avait toujours des moments dans ma vie où je me sentais abandonnée, démunie. C'était idiot, je savais que, dans ce cas précis, personne ne délaissait personne, mais la lassitude m'était tombée dessus, comme un épuisement subit.
Je m'écroulai dans mon fauteuil, exténuée et triste.
Iris sortit de sa chambre et resta appuyée au chambranle du salon :
— Tout va bien, Hortense ?
— Oui, ne t'inquiète pas, j'ai un petit coup de mou, comme on dit.
— Tu devrais aller t'allonger un peu…

— Non, c'est l'heure de préparer le repas.
— À quelle heure arrivent-ils en Allemagne ?
— Dans l'après-midi. Les jeunes rencontrent les familles qui les accueillent, puis il y a une fête au collège de la ville.
— Et sais-tu où sera hébergé ton Gerhard ?
Elle sourit.
— Tous les professeurs logent dans un gîte loué pour le séjour.
— Oh ! Je crois que je serais jalouse, moi !
— Pff, pas à soixante-dix ans mon poussin. Ce vilain sentiment n'est plus d'actualité chez moi. Et de toute façon, la seule femme du groupe est accompagnée de son mari !
Je ris aux éclats, Iris aussi !
— Bien vu, Tantine !

Ce matin, je fus réveillée par un appel de Gerhard. Il s'était levé tôt après une nuit mouvementée. « Le matelas est un peu mou pour ma grande carcasse », dit-il. Je sortis du lit après un échange de mots tendres.
La semaine dernière nous étions allés au théâtre. Cela faisait si longtemps que je n'y avais pas mis les pieds. C'était formidable de revivre cette ambiance feutrée et de rire aux éternelles répliques de Feydeau. La discussion avec mon amie Thérèse m'avait fait avancer et je ne craignais plus d'être vue en compagnie de Gerhard. C'était l'homme que j'aimais et, dès son retour, nous formulerions de vrais projets à deux.
Une semaine, ce n'était pas si long. Aujourd'hui, m'avait-il annoncé, le programme allemand était visite de la ville et concert de la chorale des écoles. Ici, Astrid allait venir manger vers Iris et moi.
Je décidai de prendre ma voiture pour faire quelques emplettes au supermarché. Il m'arrivait de m'y rendre à pied, mais je n'avais toujours pas grand courage ce matin.

Le temps était un peu gris, l'air, chaud et moite, il était possible que l'orage éclate avant la fin de la journée.
Je me fis insulter à la caisse parce que, soi-disant, je n'allais pas assez vite et que la jeune maman derrière moi n'avait pas que ça à faire, elle ! Elle grommela, jura et me bouscula avec son panier. Je sortis, émue et contrariée, je détestais les gens belliqueux. Au moment où je quittai le parking au volant de mon auto, un groupe de trois femmes m'empêcha d'avancer. Et parmi elles, l'agresseuse du magasin. Je klaxonnai, ouvris la fenêtre et criai :
— S'il vous plaît, pouvez-vous vous pousser ? Je n'ai pas que ça à faire !
Je perçus des : « vieille bique, connasse ! » et j'en passe. Mais j'étais fière de moi !

Je cuisinai tout le reste de la matinée et quand Astrid et Iris débarquèrent, le repas était prêt et nous nous installâmes aussitôt à table. La conversation dévia sur mon anniversaire proche. J'étais native de juillet et toutes deux avaient décidé de faire une fête.
— Un barbecue avec tes amies et Gerhard, évidemment ! ajouta Astrid.
— Pourquoi pas, mais c'est soixante et onze ans que je vais avoir les filles, pas de quoi remuer ciel et terre !
— L'an passé, nous étions à l'étranger au séminaire des dentistes et tu n'avais rien voulu organiser. Alors, cette fois, on fait la nouba, décida Iris.
— D'accord, d'accord ! Pas de problème, faisons la fête ! Mais reprenez de la tarte, je vais chercher le….

Elle ne se vit pas chuter. Elle s'écroula lourdement sur le sol. Elle n'entendit pas non plus les hurlements d'Iris, les pleurs d'Astrid.

Dans sa tête, une petite musique au loin, le grand Jacques qui fredonnait :
« Une valse à mille temps
Une valse à mille temps
Une valse à mille temps
Offre seule aux amants
Trois cent trente-trois fois le temps
De bâtir un roman
Au deuxième temps de la valse
On est deux tu es dans mes bras
Au deuxième temps de la valse… »

Elle ne souffrait pas. Flottant dans un brouillard, elle portait une robe blanche, vaporeuse, elle valsait dans les bras d'un homme. Lucien ? Gerhard ?

« Une valse à trois temps
Qui s'offre encore le temps
Qui s'offre encore le temps
De s'offrir des détours
Du côté de l'amour
Comme c'est charmant
Une valse à quatre temps… »

Une voix lointaine lui chuchota : « Tu vois, je t'attendais. »
Elle tendit la main dans le vide…
Elle n'entendit pas les larmes, ni même les sirènes des pompiers…

« Une valse à vingt ans
C'est beaucoup plus troublant
C'est beaucoup plus troublant
Mais beaucoup plus charmant
Qu'une valse à trois temps

Une valse à vingt ans
Une valse à cent temps
Une valse à cent ans
Une valse ça s'entend… »

Elle valsait, elle souriait, elle s'envolait, Hortense…

FIN

Petites annotations sur Belfort :

Belfort : (sources Wikipédia)

« Belfort est une commune française située dans le nord-est de la région Bourgogne-Franche-Comté.

Établie dans la trouée de Belfort, la cité est implantée sur une importante voie de communication où les premières activités humaines se manifestent dès la Préhistoire. Cet emplacement particulier joue un rôle important tout au long de son histoire, notamment au XIVe siècle, quand la cité est connue sous le nom de *Bellumfortum*. Cette situation stratégique au cœur de la trouée de Belfort a fait d'elle une place forte militaire et une cité de garnison aux frontières des mondes rhénan et rhodanien.

Historiquement, elle fait partie de la Haute-Alsace, subdivision de la province historique d'Alsace qui correspond aux actuels départements du Haut-Rhin, du Bas-Rhin et du Territoire de Belfort ainsi que le territoire de Landau en Allemagne. La ville a toujours fait partie de l'espace linguistique francophone à l'instar des vallées welches d'Alsace. Après l'annexion de l'Alsace-Lorraine de 1871 à 1918 par l'Empire allemand, l'actuel Territoire de Belfort, alors dénommé « arrondissement subsistant du Haut-Rhin », seule partie d'Alsace à n'avoir pas été annexée, demeure détaché puis accède au statut de département en 1922. Le décret du 2 juin 1960 portant sur l'harmonisation des circonscriptions administratives le rattache à la région Franche-Comté plutôt qu'à la région Alsace, décision confirmée en 1982 avec les lois sur la décentralisation qui donnent aux régions françaises le statut de collectivités territoriales.

Le Lion de Belfort est un monument commémoratif en haut-relief situé à Belfort, en France, au pied de la falaise de la citadelle. Œuvre du sculpteur alsacien Auguste Bartholdi, il commémore la résistance de la ville assiégée par les Prussiens durant la guerre franco-allemande de 1870.

La citadelle de Belfort est une citadelle comprenant des fortifications du XVIIe siècle. Elle fut terminée au XIXe siècle par les ingénieurs militaires Haxo et Séré de Rivières.

L'église (Cathédrale Saint Christophe) est érigée en cathédrale en 1979 lors de la création du diocèse de Belfort-Montbéliard.

Le Salbert est un mont du massif des Vosges situé au nord-ouest du Territoire de Belfort. Il est facile de le reconnaître grâce à l'imposante antenne TDF perchée à son sommet. Ce massif possède un important patrimoine militaire, notamment son fort.
Ce fort fait partie de la seconde ceinture fortifiée de Belfort, construite entre 5 et 6 kilomètres au-delà de la première ceinture datant des années 1820-1830-1840.

Il est situé au sommet d'une colline appelée le Salbert (commune de Belfort), à proximité de Belfort.

Un grand merci à mes toujours courageuses correctrices,

> Brigitte
> Colette
> Nathalie
> Patricia

Merci à Jo, mon premier lecteur, pour ses critiques et ses remarques constructives !

Merci à Stéphanie, pour la création d'une nouvelle œuvre à chaque livre !

Merci à Nathalie pour son aide précieuse, mise en pages et relecture.

Et merci à vous, lecteurs !
N'hésitez pas à me faire des retours de votre lecture :

mariemaya.antonini@gmail.com

Pour mon actualité, les salons, les séances dédicaces :

« Facebook Marie Antonini »

Site Marie Antonini :
https://sites.google.com/view/marie-antonini-auteure/accueil
ou Qr code :

Autres livres de Marie Antonini :

Ouvrages adultes :

Enfances nouvelles 2019
Finaliste du prix de la ville de Belfort 2019

Singularités nouvelles 2021
Singularités, Encore ! nouvelles 2022
Singularités gourmandes nouvelles et recettes 2023
L'invisible Récit sur la fibromyalgie 2023
Dessiner des nuages roman 2020
Il voulait des ailes roman 2024

Albums enfants de 3 à 7 ans

Petit sapin album de Noël 2021
Séraphin le lutin album de Noël 2021
Léontine et l'orage album 2022
Léontine et la petite varicelle album 2023

Pièces de théâtre enfants, adolescents, adultes :

le proscenium
la théâtrothèque

ou sur demande : mariemaya.antonini@gmail.com